勇士學園的奇幻冒險

小怪獸洛可可成長故事集之1

小羊把拔 著

目次

CONTENTS

CONTENTS

CONTENTS

Chapter 1 小怪獸洛可可

遙遠的埃塔芙隆大陸是一片神祕的領域，舞著翅膀在天空翱翔的飛馬、蟄伏在沼澤，能一口吞掉整棟房子的巨蛇、數不盡且功效各異的神奇藥材與魔法道具……所有我們能想像或是想像不到的事物，對於生長在這片大陸的居民來說，只是再普通不過的日常。

在大陸的一隅，存在著一個名為洛登尼斯的小村落。這裡是由一群灰色皮膚、綠色頭髮的可愛怪獸所建立的居所，因此大家習慣直接稱呼它為「怪獸村」；怪獸一族主要依賴打獵、農作……等方式來滿足日常所需，雖然稱不上富裕，但由於天性知足樂觀，整個怪獸村還是散發出生機盎然的氣息。

清晨，在第一道曙光降臨怪獸村時，一名小怪獸睜開眼睛，從床上一躍而起後，躡手躡腳地溜進廚房拿了幾塊麵包，隨即打開家門向外跑去。

「洛可可！這麼早出門要做什麼呀？」經過農田時，鄰居古德爺爺正拉著一頭三隻角的巨獸進行農活。

「爺爺早，我要去溪邊玩！」洛可可跑到古德爺爺身邊，一邊回答一邊拍著巨獸的犄角，同時從懷裡掏出一片麵包試圖餵食巨獸。

「唉呀，你又不是不知道，蒂朵只吃藍蘋果，不會吃麵包的……」古德爺爺雖然搖著頭，卻也沒多做阻止；在他眼裡，洛可可是村裡最調皮的小怪獸。

「吃一口看看嘛！你沒吃過，怎麼知道好不好吃呢？唉，算了！」見到蒂朵持續扭著頭溫柔地抗拒著，洛可可只好作罷，將麵包塞回自己嘴裡。

「我是為了耕作，不得不早起，你這個小朋友天天這麼早起床幹嘛？」古德爺爺一邊安撫蒂朵，一邊好奇問道。

「我早起也是因為工作啊！」洛可可睜著大眼，認真地跟古德說：「我今年五歲，我的工作就是玩，努力玩，拼命玩！」

「唉……好吧！那請你不要這麼努力，不然身體可吃不消呀！老爺子我要繼續耕田了。」古德爺爺擦了擦汗，催促著巨獸繼續耕作。

「好，爺爺再見，你要像我一樣認真喔！」洛可可說完，便逕自往小溪的方向奔去。

「呵呵……真是個小頑皮……不過算算時間，這孩子應該也快六歲了吧？」看著洛可可漸漸消失的身影，古德爺爺喃喃自語著。

怪獸村旁的小溪常年不凍，供應著村民的用水所需，此時，洛可可正跟夥伴們戲水，他爬上一棵大樹，再以誇張的姿勢，縱身跳入溪裡；在這群小怪獸中，年紀最大的洛可可，儼然是團體裡的孩子王，其他小怪獸們見狀，也紛紛效仿著，爬到樹上並跳入水中；正午時分，大夥兒一起坐在溪邊泡腳，吃著各自從家中帶出來的食物。

「洛可可，等一下你要去哪裡玩呀？」其中一個小怪獸問道。

「我想去山上摘一些藍蘋果。」洛可可咬了一大口麵包，含糊不清地說。

「我也要去！」「我也要！」小怪獸們贊成的聲音此起彼落。

「好啊，但只能去外圍，爸爸說過，太裡面會遇到怪物的！」洛可可回答。

「等你六歲之後還會陪我們玩嗎？」另一個小怪獸突然問洛可可。

「那還用說，我們會一直玩一直玩！」

「可是……自從我哥哥六歲，進入勇士學園後，就比較少陪我玩了……」這名小怪獸有點委屈地說。

「別擔心，我現在才五歲呢！走，我們去後山冒險！」洛可可往嘴裡塞入最後一口麵包，往山邊跑去。

直到傍晚，太陽逐漸消失在地平線，洛可可跟其他小夥伴們才提著整袋的藍蘋果離開後山；經過古德爺爺的農場時，他不忘掏出兩顆藍蘋果給蒂朵，待牠美味地咀嚼完畢後，才返回家中。

「洛可可！你今天又跑去哪裡了？」還沒關上家門，廚房就傳來媽媽的聲音。

「我……我去山邊摘藍蘋果給蒂朵，牠太瘦了，得多吃一點。」洛可可心虛地回答。

「摘蘋果摘了一整天？」媽媽搖了搖頭，「算了，看在今天是個特別的日子，去叫你爸爸下樓，準備開飯吧！」

「好！」洛可可如釋重負，連忙跑到樓梯口，隨口問道：「今天有什麼特別啊？」

「你這孩子，今天是你的生日呀！」

媽媽從廚房走出，手中端著一個香氣四溢的石頭蛋糕，看著蠟燭上醒目的數字「6」，洛可可心中突然不安了起來……

Chapter 2 石頭蛋糕的配方

夜裡，遠處的狼嚎與貓頭鷹的啼叫更迭不止，一向上床就能馬上進入夢鄉的洛可可，正在經歷人生中的第一次失眠。

晚餐時——

「快許願吹蠟燭呀！」爸爸催促著洛可可，但洛可可出神地望著蛋糕上的數字「6」，遲遲沒有動作。

「再不吹的話，蠟油可要滴到蛋糕上了喔！」媽媽也在旁提醒著。

「希望我永遠不要六歲。」洛可可握緊雙手，大聲地在心裡許願，用力吹滅蠟燭。

隔天早上，洛可可反常地沒有在清晨溜出家門，而是到快中午，才緩慢走出木屋，有氣無力地朝著古德爺爺揮了揮手，向溪邊走去，留下滿臉疑惑的古德爺爺與蒂朵。

「洛可可！我們等你好久了！」溪邊的小怪獸們看到遠處走來的洛可可，興奮地大喊。

「抱歉……我昨晚沒睡好，比較晚起。」洛可可淡淡地說。

「你怎麼怪怪的？」「沒關係！我們下午要去哪裡玩？」小怪獸們圍著洛可可七嘴八舌。

「我沒什麼心情……」洛可可發現自己意興闌珊的回答讓小怪獸們有點錯愕後，只好把昨晚發生的事情一五一十地告訴大家。

「你哥哥去勇士學園後，為什麼就不再陪你了？」洛可可詢問昨天那名小怪獸。

「因為他們要接受很多訓練，所以只有休息日才有空。」

「你知道進入勇士學園要做什麼訓練嗎？」

「嗯……好像有很多東西要學，像是戰鬥、射箭，還有嗯……算術？」小怪獸天真地回答。

「算術？學這個有什麼用啊？」洛可可不解。

「我不知道啦，我才四歲耶！只是聽哥哥說的。」小怪獸有點不耐煩，「走啦！我們再去比賽摘蘋果！看看誰摘的多！」

黃昏時分，洛可可帶著幾顆藍蘋果來到農田，已經完成工作的蒂朵，正靠在樹下乘涼，洛可可走了過來，遞出一顆藍蘋果，蒂朵見狀，毫不客氣地張口嚼了起來。

「對不起，早上沒有陪你……」洛可可拍著蒂朵，喃喃自語：「真不想上學啊……」

晚餐時間，爸媽也注意到洛可可的異狀。

「洛可可，你這兩天怎麼吃這麼少，是不是病了？」爸爸關心道。

「是呀，每次有石頭蛋糕你都搶著吃，怎麼昨天連一塊也吃不完呢？」媽媽也表示疑惑。

「我……沒事啦……」洛可可搖頭，停頓一下後，忍不住發問：「爸媽，你們以前也去過勇士學園嗎？」

「喔？難道你是在煩惱這件事嗎？」媽媽笑著說：「所有滿六歲的小怪獸都要進入勇士學園受訓，媽媽跟爸爸小時候當然也有去呀，現在該輪到你囉！」

「可以不去嗎……」洛可可低頭喝了一口濃湯，小聲嘀咕著。

「洛可可，你這麼喜歡吃石頭蛋糕，知道它是怎麼做成的嗎？」爸爸語重心長地看著洛可可。

「當然知道，先把洗乾淨的石頭跟軟綿草根混合後搗碎，再撒上溶石粉、香料，還有……還有……」

「還有媽媽的祕密配方，不然怎麼會這麼好吃。」媽媽補充。

「你認為最早發明石頭蛋糕配方的怪獸，是不是第一次就取得成功了呢？」爸爸詢問，洛可可搖頭。

「我猜呀，他可能失敗過無數次，甚至連小熊怪的便便都拿來當成原料實驗過呢！」看著正在偷笑的洛可可，爸爸接著說：「但你想想，如果他當初選擇放棄，現在我們不就吃不到這麼美味的石頭蛋糕了？」

「咳咳！」洛可可還在領悟爸爸的話語時，媽媽輕咳兩聲打斷對話。

「喔……對對……最重要的，」爸爸連忙補充：「當然還是因為有媽媽的祕密配方……」

隔天清晨，太陽尚未升起，洛可可已經離開一片狼藉的廚房，往屋外跑去。

「蒂朵！」洛可可跑到農田，由於實在是太早了，古德爺爺甚至都還沒出門，只有睡眼惺忪的蒂朵，懶洋洋地盯著眼前的小怪獸。

「來，今天我準備了好吃的。」洛可可從懷中拿出麵包時，蒂朵下意識又要扭頭拒絕，卻被麵包散發出來的特殊香氣給吸引，眼神中露出好奇。

「嘿嘿，這可是我特別研究的祕密配方喔．想不想吃吃看？」雖然洛可可不斷慫恿，但遲疑的蒂朵依然動也不動。

「吃吃看嘛，放心，我沒有加小熊怪的便便啦！」洛可可把麵包推到蒂朵嘴邊。受到香味的誘惑，遲疑的蒂朵嚥了嚥口水，終於開始小口咀嚼起來。

「很好吃吧，這可是我特製的藍蘋果果醬麵包喔！」洛可可一邊微笑看著蒂朵，一邊也似乎是在鼓勵著自己：「果然還是要先嘗試過，才知道好不好吃，對吧？」

Chapter 3 入學通知

接下來的日子裡，恢復精神的洛可可一如往常，每天無憂無慮地玩耍；一天早上，洛可可正坐在屋外吃著麵包，看著古德爺爺跟蒂朵耕種，這時，遠處的小徑出現了一個土黃色的球型身影，緩慢地朝著古德爺爺的方向移動。

「爺爺你看，蝸牛又來了！」洛可可對著田裡的古德爺爺喊道。

「喔……是郵差蝸牛呀，應該是我的兒子寄信來了。」古德爺爺瞇起眼睛望去，接著便從田裡摘下一條黃瓜。

郵差蝸牛緩慢爬行到古德爺爺跟前，古德爺爺熟練地掰斷一截黃瓜給牠，同時，蝸牛背上的硬殼緩緩開啟，直到確認信件被取出後才再次關上。

「真奇怪，為什麼我們要用這麼遲鈍的生物送信呀？」洛可可不解地問。

「呵呵……不要因為蝸牛沒有聽覺，就說牠們壞話喔！」古德笑道：「雖然郵差蝸牛的行動不快，但方向感好又富有責任感，除非遇到意外，否則他們可是從不會迷路或丟失信件呢！」

這時，吃完黃瓜的郵差蝸牛似乎沒有離開的打算，反而盯著洛可可，逐漸靠近。

「爺爺……你不是說蝸牛聽不到嗎？」看著逼近自己的郵差蝸牛，洛可可有些緊張。

「沒錯呀……我想，或許是牠也有必須交付給你的信件吧？」古德一邊說，一邊把剛收到的信如同珍寶般收入懷裡。

「那……我該怎麼做？」看著盯著自己，露出不耐煩神情的郵差蝸牛，洛可可不安地求救。

「把食物給牠，殼就會打開，從裡面拿出你的信就好，你應該看得懂自己的名字吧？千萬不要亂拿別人的信，不然牠可是會生氣的喔！」

「好……拿去！」洛可可遞出剛吃一半的麵包，然而，郵差蝸牛還是不耐地盯著他，不為所動。

「這可不行，喏，給牠這個吧！」古德把剛才的半截黃瓜拋向郵差蝸牛，這才讓牠勉為其難地打開背上的硬殼；洛可可經過確認，把寫著自己名字的信件取了出來，成功完成任務的郵差蝸牛便轉向小徑，緩緩離開。

「洛可可……小……其他是什麼字？」洛可可盯著信封，不太確定地唸著。

「我來看看……洛可可小勇士收。」古德爺爺將信封接過來唸道：「這是勇士學園的入學通知信，恭喜啊洛可可，你終於長大了！」

晚餐時間，一家人坐在餐桌前，洛可可正抓起一大把野菜塞進嘴裡。

「洛可可，明天就要到勇士學園報到了，該帶的東西都準備好了嗎？」媽媽問道。

「嗯，古德爺爺幫我看過通知信了，」洛可可吞下野菜，叉起一大塊火腿，「只要準備一個儲物袋，把學園發的書本跟用具裝回來就好。」

「那吃完飯後我們一起挑一個吧！」媽媽回答。

「洛可可，上次聊完後，看來你已經不再害怕上學囉？」爸爸面露欣慰地說。

「雖然還是會緊張，但我一想到所有人都去過勇士學園，好像就不是那麼擔心了。」洛可可滿足地打了一個飽嗝，繼續說：「對了，開學第一天要自備午餐，我可以吃麵包嗎？」

「明天早上我會幫你準備。」媽媽點頭。

「要塗藍蘋果果醬的那種。」洛可可補充。

「好好好，果醬麵包。」

「可以多帶一塊石頭蛋糕嗎？」洛可可語帶撒嬌地問。

「家裡材料剛好用完了……改天再做好嗎？」媽媽面露難色。

「嗯？我怎麼一點也感覺不到你的緊張呀？你是去上學，不是野餐喔！」爸爸打斷洛可可的話。

「好吧……不然帶一些彩虹泡泡糖就好……」洛可可假裝露出勉為其難的樣子。

「不行。」爸媽異口同聲說道。

Chapter 4 巴米爾

「爸媽，我要出門囉！」隔天清早，揹著紅色儲物袋的洛可可站在門口大喊。

「來，你的果醬麵包。」媽媽把麵包交到洛可可手上，整理著他的服裝。

「需不需要我們陪你一趟？」爸爸問。

「不用，我是小勇士，可以自己去。」洛可可揚起頭，驕傲地回答。

「呦……還是個新生，居然已經擺起小勇士的架式來啦？」媽媽笑道：「勇士學園距離我們家不遠，相信你不會迷路的。」

「是呀，比起迷路，我更擔心你在學園闖禍呢！」爸爸笑道。

「只是上個學，我不會惹什麼麻煩的……應該吧？」洛可可小聲地說。

「嗯？你剛說什麼？」爸爸似乎沒有聽見洛可可的低語。

「呃……我說我該出門了，爸媽再見！」

洛可可急匆匆地離開了家，向前奔去，直到確定再回頭時已經看不到爸媽關切的眼神後，才放慢腳步，偷偷從儲物袋中拿出一顆彩虹泡泡糖放入嘴裡，往勇士學園的方向走去。

「活力市集」位於怪獸村的中心，與四面八方的道路相連，久而久之便成為怪獸村裡最熱絡的場所；打鐵舖裡傳出的金屬鏗鏘聲、果菜與肉品攤的吆喝叫賣，有時甚至會有來自四方的行腳商人在此兜售一些從未見過的奇珍異寶；洛可可此時正一邊望著琳瑯滿目的商品，一邊吹著閃爍七彩光澤的泡泡，順著人潮往市集旁的學園走去。

隨著越來越接近勇士學園，洛可可興奮地發現，原來村裡還有這麼多他從未見過面的小怪獸，透過觀察，他甚至可以分辨出哪些是從今天開始將與自己一起學習的新生：前方有個體型瘦高的小怪獸，雖然表面上看來十分鎮定，但他緊抓著儲物袋的小手卻透露出一絲不安；他身旁的另一個小怪獸，則是踩著小小的步伐，一面觀察人潮方向，一面謹慎前進；當然，也有一臉不情願，但雙手被父母牽著，不得不繼續向前的小怪獸們；又比如，眼前這個蹲在地上嚎啕大哭，特別引人注目的小怪獸。

「嗚嗚……我不要去學園啦……」蹲在地上的小怪獸，鼻涕與眼淚正交織著。

「不要再耍賴了，大家都在看你！真丟臉！」他的爸爸低聲怒斥著。

「嗚……不管啦……我要回家……」小怪獸索性一屁股坐在地上，動也不動。

「不行！都已經快到校門口了，你一定要進去！」面對周遭投射而來的目光，這名父親顯得有些不自在。

「把我關在家裡也沒關係……我就是不要……哇！」終於，失去耐性的父親，直接抓住這名小怪獸的雙手，往校門口拽去，在他的掙扎下，地上被拖出了一條長長的痕跡。

看到這一幕，洛可可回想起當初自己得知要入學時的不安心情，思考片刻後，決定向他們走去。

「我叫洛可可，你叫什麼名字？」洛可可走到父子面前，對著小怪獸問道。

「巴……巴米爾……」這名小怪獸一邊抽搐，一邊回答。

「有點難記耶……以後叫你小巴好了。」

「小巴？」

「你喜歡吃石頭蛋糕嗎？」洛可可突然發問。

「嗯……還好……」小巴猶豫一下，慢慢回答。

「怎麼可能！」洛可可露出不可置信的表情，「石頭蛋糕最好吃了！我知道了，你們一定是沒有加入我媽媽的祕密配方吧？」

「…………」小巴沒有說話。

「你今天帶了什麼午餐?我本來想要準備石頭蛋糕的,但家裡材料不夠,只剩下果醬麵包。」洛可可自顧自地說起來。

「…………」小巴沒有說話。

「你知道嗎?石頭蛋糕的發明者,可能吃過小熊怪的便便喔!」

「……………………」小巴還是沒有說話,或者說,他不明白眼前這個小怪獸到底想要表達什麼,而他又該做出什麼回應。

由於接近校門,人潮越來越多,原本就受到不少側目的兩人,在洛可可加入後,就連門口的守衛也注意到這場騷動,尷尬的巴米爾爸爸下定決心,不論任何手段,只要能盡快把巴米爾送進學園就好。

「小朋友,快上課了,你先過去,叔叔處理就好。」巴米爾的爸爸再次伸出手,試圖將他拽進學園。

「我不要啦!」小巴又開始緊張地大喊。

「真是的……」眼看鬧劇即將再次上演,洛可可無奈地翻弄儲物袋,找出一顆帶著七彩光澤的泡泡糖,遞到小巴面前。

看著眼前散發甜甜香氣的彩虹泡泡糖,小巴那因哭泣而顫抖不止的嘴唇,似乎稍微冷靜了下來。

Chapter 5 新生報到

勇士學園外，小怪獸們陸陸續續進入校園，此時僵持在校門口的洛可可三人顯得格外醒目。

「喏，彩虹泡泡糖，這個你總該覺得好吃了吧？」洛可可手拿彩虹泡泡糖，在小巴面前晃著。

「嗯……」小巴點頭。

「如果你願意進去勇士學園，泡泡糖就送你，作為勇氣小獎品。」洛可可望著泡泡糖，有點心疼地說。

「……不要。」小巴雖然心動，但還是搖頭拒絕。

「唉呦，第一天上學我也會緊張啊！但你看，這麼多小怪獸都進去了，不會有事的。」洛可可說完，吹了一個大大的彩虹泡泡。

「我不想上學……」小巴依然堅持著。

這時勇士學園傳出一陣悠長的號角聲，預告著報到時間即將開始。

「快遲到了，那我先去報到囉，等等見。」洛可可轉身，往校門走去。

「喂！如果我進去，彩虹泡泡糖就是我的嗎？」小巴叫住洛可可。

「算了，先給你吧！」洛可可折回來，將泡泡糖遞給小巴，「你自己決定，要抬頭挺胸走進去，或是被爸爸拖進去，反正結果都一樣。」

小巴愣愣地握著剛接過的彩虹泡泡糖，站在原地，洛可可也不再催促，往校門走去。

「小朋友，你做得很好，居然能讓一個哭泣的小怪獸冷靜下來。」走過校門時，年邁的守衛微笑地看著洛可可。

「沒有啦，那是彩虹泡泡糖的功勞。」洛可可頭也不抬地往前走，然而，守衛卻伸出手輕輕攔住他。

「那是我的最後一顆泡泡糖了，想吃的話，明天我再帶給你。」洛可可試圖繞過守衛，但他似乎沒有放行的打算。

「雖然可以收在袋子裡，但是入學通知書背面的第七條備註有寫到：學園裡禁止吃泡泡糖。」守衛說道。

「喔，謝謝伯伯提醒，我可以走了嗎？要遲到了。」洛可可沒好氣地說。

「咳……」守衛搖了搖頭。

「我真的沒有泡泡糖了，不信你看。」洛可可翻開儲物袋。

「咳咳……」守衛拿出一片樹葉，指著洛可可的嘴巴。

被識破的洛可可，只好將口中的泡泡糖吐到葉子，同時，一陣急促的號角聲從校園裡傳來，代表報到活動已正式開始。

「來不及了，幫我丟一下，明天再請你吃！」洛可可把包好的樹葉塞給守衛，跑進校園。

勇士學園秉持著怪獸村樸實的風格，並沒有過多的華麗雕飾，穿過簡約的大堂，便來到占地最大的訓練場，訓練場的四周則是由樹枝支撐的眾多帳篷，做為各年級學員的教室；洛可可向四周望了望，發現不遠處有兩位教官正面向著一群列隊整齊的小怪獸，再仔細一看，隊伍最後面的小巴正大力朝他揮手，便趕緊跑了過去。

「呼……呼……幸好趕上了……」洛可可跑進隊伍，邊喘氣邊對小巴說。

「噓，已經開始點名了，」小巴低聲：「不過還好，教官還沒叫到你的名字，羅卡卡。」

「是洛可可啦……唉，都是那個守衛伯伯害的。」洛可可糾正小巴。

「艾爾卡斯、蘿拉瑞爾、喬納、克魯莫、安提娜、帕耶歐拉、巴米爾……」

教官持續喊著每位新生的名字，呼吸稍微平復後的洛可可，開始觀察眼前的兩位教官：站在隊伍前唱名的光頭教官有著低沉的嗓音，體格壯碩，身上更是佈滿經年累月留下的傷疤，一看就是名身經百戰，負責指導戰鬥訓練的教官；後方的女教官則是瞇著眼睛仔細打量每位被點到名的小怪獸，看上去十分幹練。

「最後你是自己走進來，還是被抓進來的？」洛可可低聲問小巴。

「後來我想了一下，就自己走進來了。」小巴頭抬得高高的，得意地回答。

「哈，我就說沒那麼恐怖吧！」洛可可笑著。

「奧斯納德、蓋比、洛可可，洛可可？洛可可！」看不到小怪獸舉手的教官，正四處張望著。

「這邊這邊！」小巴推了洛可可一下，回過神來的洛可可連忙舉手。

教官搖了搖頭，大聲說道：「大家好，今天是開學日，我們先請校長跟各位說幾句話。」語畢，便退到旁邊等待。

「好熱喔……校長怎麼還不來啊……」等候時，洛可可不耐地對小巴說。

「噓！教官在看這邊。」小巴提醒洛可可，看到女教官的視線往這邊掃來，洛可可趕緊低下頭。

「各位新生早安，非常歡迎你們來到勇士學園。」遠處傳來略顯耳熟的聲音：「抱歉抱歉，校長剛剛去丟垃圾，遲到了一下，呵呵……」

洛可可的頭壓得更低了。

Chapter 6 喀斯伊恩、古厲丹、達辛妮

寬廣的勇士學園訓練場上，和藹的校長正對新生隊伍發表演說。

「小怪獸們早安，歡迎加入勇士學園這個大家庭，我是你們的校長——喀斯伊恩，通常大家都叫我伊恩校長。」校長笑盈盈地說，然而，此時的洛可可依舊低著頭，回想出門前爸爸說的話：**「比起迷路，我更擔心你在學園闖禍呢！」**

「勇士學園的歷史相當悠久，可以追溯到半個怪獸紀元之前……」

「這個校長……長得跟校門口的守衛還真像……」洛可可偷偷抬頭望向校長，心想。

「……之所以能培育出這麼多優秀的怪獸，最重要的原因就是我們擁有許多經驗豐富的教官，像是古厲丹教官，」校長指著剛才負責點名的光頭教官：「負責指導各位的戰鬥、求生技巧；而另一位達辛妮教官，」校長介紹另外一名女教官：「則會傳授各位日常生活所需的知識……」

「應該是我搞錯了？話說回來，古德爺爺的聲音聽起來也跟校長差不多。」

雖然校長滔滔不絕地介紹著勇士學園，但洛可可卻一直忍不住把眼前的校長跟校門口的守衛身影重疊。

「最後，校長期許各位在學園裡有所收穫，成為將來保衛怪獸村的勇士！接下來的時間就留給教官們，再次歡迎大家！」校長說完，點頭向兩位教官致意後，準備離開訓練場。

「對了，」校長像是想起什麼似的，補充說道：「提醒各位小怪獸，學園裡禁止吃泡泡糖喔！」說完，便踏著愉悅的步伐離開訓練場，留下滿臉疑問的教官與小怪獸們。

「真的是他！」洛可可拍了自己的額頭，小巴在一旁不解地看著。

校長離開後，達辛妮教官引導隊伍到一個擺滿桌椅的米黃色圓頂帳篷裡，小怪獸們進入後各自選擇了座位；洛可可拉著小巴選了個不顯眼的角落坐下後，開始打量著周遭的環境：帳篷十分樸素，一如勇士學園的風格，但出乎意料的，帳內的光線與空氣比想像中要好得多，或許是跟怪獸們特有的工藝技巧有關；大夥兒坐定後，便等待教官發言。

「我是你們的直屬教官達辛妮，各位在學的成績，會由我與古厲丹教官來做評比，希望大家好好表現。」達辛妮教官站在帳篷的中心，對小怪獸們說：「新生的知識課程主要有怪獸語、通用語、草藥學、奇獸學……等，體能訓練的部分則是基礎的戰鬥與弓術；古厲丹教官已經準備好你們的教材了……」話還沒說完，帳外已經傳來推車的聲音，原來是古厲丹教官推著整車的樹葉課本進來。

怪獸一族的書頁是由肥厚且具有韌性的書寫葉製作而成，需要先將文字與圖像刻在石板，再重壓到葉片上留下內容；剛壓印完成的書寫葉，有種特殊的香氣，許多小怪獸一拿到由書寫葉串起的新書時，都喜歡先聞一聞味道再進行瀏覽；洛可可跟著大家有序地領取完課本後，回到座位。

「怪獸語……通用語……這本很多花花草草的，應該是草藥學……」洛可可一邊檢查，一邊嗅著書寫葉散發的清香，這是第一次他聞到這麼多新書的氣味。

「所有課本都拿到了嗎？好，接下來請在封面刻上自己的名字，課本是很重要的，千萬不要遺失或跟夥伴搞混了。」達辛妮教官從腰間的小包中拿出數十枝的石棒，石棒的一端打磨成尖形，逐一發給小怪獸，以便在書寫葉上刻字。

「巴……米……爾……巴……米……我的名字怎麼這麼難刻呀……」小巴握著石棒的手微微顫抖，嘴裡抱怨著。

「小巴你看，我好了！」洛可可得意地展示著課本封面歪斜的字體，勉強能看出「洛可可」這幾個字。

「真羨慕你，名字這麼簡單……」小巴嘆了口氣，繼續一筆一畫地刻著自己的名字。

「刻好名字的小怪獸就可以吃午餐，稍作休息，下午開始，古厲丹教官會指導你們進行體能訓練。」達辛妮教官確認完大家的進度後，便離開帳篷。

由於是第一天入園，小怪獸們對彼此還不熟悉，除了小巴以外，洛可可並沒有跟其他新生有過多的交談；安靜地用過午餐後，古厲丹教官從角落的箱中翻出一大把乾草鋪在地上，讓大家稍作休息，洛可可躺在乾草上，卻興奮地沒有闔眼，畢竟比起靜態的課程，還是能活動身體的訓練更令他期待。

Chapter 7 短劍與闊劍

「小巴，起來了！」下午，帳篷外的號角才剛吹響，洛可可便迅速爬起，使勁搖著旁邊躺著的小巴。

「嗯……怎麼了？」小巴睡眼惺忪地問。

「快起來，要訓練了！」洛可可繼續搖著小巴。

「唉呦……好不容易才睡著的……我又不喜歡訓練……」小巴揉著眼睛起身，有點不高興。

「相信我，一定會很好玩的！」洛可可興奮地說。

小怪獸們陸續醒來後，古厲丹教官便引領大家往稍遠處的一頂黑色巨型帳篷移動，從這頂帳篷的大小，加上門口駐守著兩名小守衛，可以明顯感受到與其他帳篷的不同之處。

「教官好！」門口兩名穿著盔甲的小怪獸，看到古厲丹教官走過來，雙手將短劍插在地上，精神抖擻地問候，古厲丹教官對他們微微點頭。

「這裡是勇士學園的武器庫，」古厲丹教官轉向新生，「所有訓練的器材都可以從這邊領取，平時則由你們的學長姐輪流看守，也算是訓練內容的一環。」

洛可可看著眼前兩名擔任守衛的小怪獸，發現他們手腕上都戴有獸牙串成的手鍊——想必這是高年級的象徵之一；其中一名小怪獸，除了手鍊外，頸上還掛著一條紅色的狼牙吊飾，對方似乎也注意到洛可可的目光，兩人短暫對視了一下，洛可可便移開視線。

「短劍重視靈活性，是較適合且被廣泛運用的武器，所以每位學員都必須學習；但除了短劍，你們也可以自由選擇想學習的第二武器，由我進行指導；現在，請各位進入武器庫裡挑選一組短劍跟臂盾，到訓練場集合。」古厲丹教官說。

也許因為帳篷是黑色的緣故，武器庫內的光線顯得較為昏暗，但進入後仍可發現，數量最多的短劍跟臂盾被整齊地疊放在中央，其他數量明顯較少的武器，則以短劍為中心，呈扇形的方式散開擺放。

「你想要選什麼作為第二武器？」洛可可挑好短劍，將手臂套入圓形的臂盾做調整後，詢問小巴。

「可以的話，我連短劍都不想學……哪有可能選第二武器？」小巴隨意撿起一把掉在地上的短劍，有氣無力地說著。

「真沒意思，我先去看看武器庫裡還有什麼……」洛可可環顧四周，除了短劍以外，武器庫裡的種類如果按照數量來排序，依序為匕首、長劍、手斧、釘錘、長矛……等。

「這個太小……這個不夠威風……這個看起來傻傻的……」洛可可一面打量，一面喃喃自語，終於在角落發現一把沾滿灰塵，超過自己身高一倍的雙刃闊劍。

「就是這個！」洛可可雙眼發出亮光。

訓練場上，確認過大家都裝備好臂盾，並把短劍別於腰間後，古厲丹教官便開始指導基本的防禦姿勢，以及短劍的要領。

「雖然這些訓練用的武器有經過處理，刀刃已經磨鈍，但還是會造成傷害，練習上要多加注意；」古厲丹教官撫著刀刃，一邊示範，「短劍的用法，基本上就是砍、斬、刺這幾種動作，雖然聽起來單調，但只要練好基礎，再發揮短劍靈活的特性，在關鍵時刻就能救你們一命，現在開始，跟上我的動作。」

陽光下，古厲丹教官認真指導著小怪獸們在場上進行橫砍、直劈、突刺、格擋……等動作，由於大部分的小怪獸都是第一次使用武器，隨著時間過去，痠痛感逐漸從手腕蔓延到手臂、肩膀甚至是後背；終於，在一次突刺練習中，耗盡氣力的小巴重心不穩跌在草地，脫手的短劍落地發出「噹」一響，教官這才停止了練習。

「今天的練習到此為止，」古厲丹教官將短劍收入劍鞘，「把裝備繳回後，回帳篷收拾好你們的隨身物品，就可以下課了。」剛一宣布完，小怪獸們便爭先恐後地把短劍跟臂盾放回武器庫，跑向米黃色帳篷；洛可可也扶起小巴，幫他把裝備送回後，一起回帳篷稍作收拾，離開學園。

「呼……雖然有點累，但還算有趣對吧？」回程路上，洛可可邊揉著手臂，邊對小巴說。

「你這個騙子……」小巴的聲音充滿哀怨。

「哈！對不起嘛！我承認訓練比想像中還累，但其他的部份都滿有意思的不是嗎？」洛可可笑著道歉。

「誰知道，」小巴埋怨地看了一眼洛可可，「達辛妮教官的課又還沒開始。」

「明天就知道了，別想逃喔！不然我的彩虹泡泡糖就白費了。」

「差點忘了！」小巴從儲物袋中拿出彩虹泡泡糖，小口小口地嚼了起來。

「雖然明天沒有勇氣獎，但還是要來上學喔！小巴。」洛可可推了小巴一把。

「好啦，明天見，洛可可。」小巴帶著笑容，也輕推了洛可可一下。

Chapter 8 艾爾農場的小怪獸

一向風平浪靜的怪獸村，目前正遭遇到有史以來最恐怖的威脅；一頭將所經之處焚燒殆盡的火龍，正朝這裡襲來；此時，洛可可正獨自站在村外眺望，身穿耀眼的金色鎧甲、手持刻滿神祕符文的銀色臂盾以及雙刃闊劍的他，看上去好不威風；終於，遠方天際飛來一頭口鼻冒著火焰，全身火紅的巨龍，當牠舞著翅膀降臨到洛可可身前時，地面不禁因風壓而揚起一大片塵土。

「惡龍，我是勇士洛可可，」雖然巨龍身形足足比洛可可大了十倍不止，但洛可可毫無懼色，大聲喝道：「只要有我在，你休想傷害這個村子！」

龍是擁有高等靈智，睥睨一切的生物，自然不會被眼前的小怪獸所震攝，火龍毫無遲疑地對洛可可吐出一團火球；火球來勢洶湧，迅速在洛可可身前引發劇烈爆炸，並以此為中心向外擴散出一層層令人窒息的熱浪，然而，在村民緊張的目光下，煙硝過後，洛可可高舉臂盾的身形慢慢顯露出來，竟然毫髮無傷！

火龍的眼神露出一絲訝異，洛可可則抓緊時機，舉起闊劍，如同閃電般向前奔去，回過神的火龍，連忙從口中噴出大範圍的龍息，試圖在洛可可接近前，將他燒成灰燼。

「加油啊！第一勇士洛可可！」「你是我們的希望！」在村民的吶喊聲中，洛可可踏著靈巧的步伐，一面避開龍息，一面持續進逼；眼看距離火龍剩下幾步的距離時，火龍瞳孔一縮，猛地側身，一條巨大的龍尾便向洛可可橫掃而來；想不到，洛可可像是早已預判了一切，在縱身一躍閃過龍尾的同時，身影已然出現在火龍上方，在火龍驚懼的目光以及村民熱切的吶喊聲中，置身空中的洛可可握緊闊劍大喊：「洛登尼斯村，由我守護！」用力斬向巨龍的頸部，只聽見「咕咚」一聲——洛可可從床上滾了下來。

「怎麼了怎麼了？」媽媽慌張地跑進洛可可的房間。

「惡龍呢？」洛可可趴在地上，含糊地問著。

「什麼耳聾？」媽媽不解地問：「唉，你的耳朵該檢查了，媽媽已經在樓下喊你好幾次，沒受傷的話就趕快起來，要遲到了。」

草草吃完早餐後，洛可可往勇士學園的方向奔去，想起自己在夢中的英姿，還是忍不住揚起嘴角：「我一定會成為勇士學園的第一勇士！」

「伊恩校長早！」洛可可抵達勇士學園時，伊恩校長仍站在門口。

「小勇士早，」伊恩校長慈祥地回應著洛可可：「說好的泡泡糖呢？」

「對了！」洛可可有些不好意思，翻出儲物袋的彩虹泡泡糖遞給校長：「請你吃！我快要遲到了，校長再見！」這時，短促的號角聲已從學園裡傳出。

「快去上課吧，」伊恩校長微笑點頭：「別忘了……」

「我知道！」洛可可的聲音從遠處傳來：「學園裡禁止吃泡泡糖！」

當洛可可慌張地鑽進帳篷時，所有小怪獸早已坐定位，達辛妮教官也已經站於台前，洛可可趕緊跑到小巴旁邊坐下。

「我還以為你不敢來了。」小巴開玩笑地說。

「怎麼可能？」洛可可從儲物袋中拿出一大疊空白書寫葉跟課本丟在桌上，一邊回答：「我可是要成為第一勇士的小怪獸。」

怪獸一族所使用的文字稱做「洛文」，主要由圖像跟符號所構成，就算從未接觸過的外人，也能透過聯想推測出約略的意思；由於大部分的小怪獸在尚未進入勇士學園時，使用文字的機會較少，閱讀能力也有限，因此剛開始的室內課程都以識字、寫字為主；課堂上，達辛妮教官一面解釋，一面將文字刻在浸泡過軟綿草根的石板上，小怪獸們則拿著石棒，參照著石板把文字刻在書寫葉上；待石板上被刻滿密密麻麻的洛文後，達辛妮教官走下來指導每個小怪獸的學習狀況。

「這個字寫得很好，」教官走近一個衣著得體、儀容整潔的小怪獸桌旁問：「你叫什麼名字？」

「報告教官，我叫艾爾卡斯。」

「艾爾卡斯……跟艾爾農場有什麼關聯嗎？」達辛妮教官對這個名字感到有些熟悉。

「是的，艾爾農場的主人是我的父親。」艾爾卡斯禮貌地回答。

「原來如此，你的字寫得很好，要繼續保持。」達辛妮教官點頭讚許後，走向下一個小怪獸。

艾爾農場的主人，當初憑藉一己之力，在村邊乏人問津的山坡地進行開墾，原本僅能勉強自給自足，但發展到後來已有能力為怪獸村供給農作物與牲口、甚至指導村民進行耕種，這些善舉使得艾爾農場在怪獸村享有極高的評價。

「小巴你看，那是艾爾農場的小怪獸耶！」洛可可小聲地對小巴說。

「想不到我們居然跟艾爾家的小怪獸一起上課，他家好像很富裕……」小巴眼睛直勾勾盯著掛在艾爾卡斯桌旁，那編織精美的儲物袋。

「對呀！我之前去農場附近玩，發現那裡養了好多三角獸跟石頭馬。」

「你看他袋子的織紋多華麗……人看起來聰明，字又寫得好……真令人羨慕……」

小巴嘆了口氣。

「這沒什麼好羨慕的，我們也很聰明啊！」洛可可不服氣地說。

「咳……你這是……什麼字？」這時，達辛妮教官走到洛可可身旁問道。

「怪獸的獸！」洛可可得意地看了小巴一眼，大聲回答教官。

「……」達辛妮教官拿起書寫葉端詳片刻後問：「你叫什麼名字？」

「報告教官！」洛可可模仿起艾爾卡斯的語氣：「我叫洛可可。」

「洛可可，好，」達辛妮教官淡淡地說：「重寫十次，再去休息。」

Chapter 9 喜歡糙子的蓋比

「哈哈哈！重寫十次，再去休息！」午休時間，小巴跟其他小怪獸們圍著洛可可調侃著。

「有什麼好笑的，」洛可可拿起自己的書寫葉：「不就是我的字比較活潑而已！」

「不對喔，」小巴指著洛可可的筆劃：「你看，『獸』字的尾巴這邊要勾起來。」

「又不是所有野獸的尾巴都是往上勾的。」洛可可不以為意。

「那你再重寫十次好了。」

「哼，等下午的體能訓練你就笑不出來了，還不快去休息。」洛可可不甘示弱地回嘴。

「唉……還是達辛妮教官的課程比較輕鬆……」洛可可似乎點出了小巴的短處，小巴表情苦澀，找了一處乾草堆躺下：「我要休息了，等等不要吵醒我！」

下午，訓練場上，小怪獸們配戴短劍、臂盾，在古厲丹教官的指導下持續進行練習；跟第一天相比，今天的訓練強度感覺起來明顯減弱，這點可以從小巴哀號次數的減少看出。

「停！」古厲丹教官大喝一聲：「好，解除武裝，到樹蔭下休息。」

「今天的訓練好像比較輕鬆，難道我變強了？」小巴有點懷疑地問。

「嗯……怎麼可能一天就變強？」洛可可用手抹去額頭上的汗水，靠坐在一棵樹下，似乎心中也有相同的疑問。

「身為教官，必須要先掌握團體的程度，」或許是查覺到小怪獸們的疑惑，古厲丹教官對大夥解釋：「昨天的練習只是初步的了解，讓教官知道你們的能力到哪邊，才能安排適合的訓練強度。」

「小巴，照這樣說，是你救了我們耶，」洛可可笑道：「你最弱，所以教官把你的極限作為訓練標準。」小巴白了洛可可一眼，沒有說話。

「休息結束後，將會繼續進行短劍的自主訓練，」古厲丹教官沒有理會洛可可跟小巴，繼續說道：「同時，想要學習第二項武器的小怪獸，現在可以去武器庫中挑選，由我進行個別指導；再提醒一次，第二武器是自由課程，不會納入成績評比，在受訓期間，隨時都可以取消或是更改。」教官話一說完，便有幾個小怪獸往武器庫的方向移動。

「小巴，走，我們也去！」洛可可興奮地拉著小巴。

「不要，我繼續練短劍就好。」小巴斷然拒絕。

「真沒意思，那我自己去囉！我早就想好要選什麼了。」自討沒趣的洛可可，跟著其他小怪獸一起前往武器庫。

進入昏暗的黑色帳篷，洛可可徑直往角落走去，打算尋找昨天那把雙刃闊劍，一不注意，撞上一個雙手捧滿釘頭槌的小怪獸，小怪獸被撞了一下，手上的武器匡噹匡噹地落在地面。

「對不起對不起！我沒注意到。」洛可可看著眼前這名體型略顯矮胖的小怪獸，連忙道歉。

「沒關係……」小怪獸擺了擺手後，便低頭看著散落在地上的釘頭槌，發起呆來。

「槌子？這太普通了吧？」洛可可站到小怪獸身旁，一起看著地上的武器。

「不會呀……」小怪獸抓抓頭，「我最喜歡槌子了。」

「好吧！我叫洛可可，你好。」洛可可對著小怪獸自我介紹。

「我知道，被教官罰寫十次的那個，」小怪獸露出憨厚的笑容：「你好，我是蓋比。」

「對啦……就是我。」洛可可有些臉紅，連忙說道：「我要去找最帥氣的武器，你慢慢挑吧，待會見。」

休息時間過後，古厲丹教官先安排好手持短劍的小怪獸們進行自主訓練，再來到挑選好第二武器的小怪獸群裡。

「你們大多選擇的是匕首，」古厲丹教官一邊掃視著小怪獸，一邊從一個體型瘦小的小怪獸手中拿過匕首，反手藏於手臂，「匕首最大的優點就是方便隱藏，在對手鬆懈時，能進行出奇不意的攻擊。」語畢猛地出手，匕首在小怪獸脖子前停了下來，再將匕首還給這個被嚇壞的小怪獸，向前走去。

「嗯？」當教官走到手持釘頭槌的蓋比面前時，略感訝異地說：「沒有足夠的力量，不建議使用釘頭槌這種具有強大破壞力的重型武器。」

「蓋比喜歡槌子，也有力氣。」蓋比想證明自己有能力，連忙大力揮起槌子。

「停！」古厲丹教官伸手抓住槌柄，瞬間止住蓋比的揮擊。

「力量還可以。」古厲丹教官放開槌柄，背對著目瞪口呆的蓋比，走回隊伍前頭：「那麼，接下來就由我針對不同武器進行指導……」

「等我一下！」突然，有個聲音從武器庫傳出，大家順著往武器庫的方向望去，只見一個小怪獸，雙手捧著一柄雙刃闊劍，一邊喘氣，一邊走入隊伍。

Chapter 10 肉骨之丘

勇士學園的訓練場，當所有的小怪獸看到洛可可捧著一把超過自己身高的闊劍走出武器庫時，都忍不住停止手邊的動作，直勾勾地盯著他；就連武器庫外，那名頸上掛著紅色狼牙吊飾的小怪獸守衛，也饒有興致地望向這裡。

「這不適合你。」古厲丹教官面無表情。

「教官你說過，第二武器可以自由選擇不是嗎？」洛可可不理會周遭的目光，詢問著教官。

「雖然武器的選擇沒有限制。」古厲丹教官解釋：「但闊劍不適合現在的你，先放回去，換一把匕首再來。」

「可以讓我先試試看嗎？」洛可可拒絕，為了能如同夢中英勇地斬斷火龍頸部，他必須學習使用雙刃闊劍。

「你用雙手握住劍柄，將劍尖指向我，像這樣。」古厲丹教官沒有直接否決，而是拿出自己的短劍擺出雙手劍的基本戰鬥架式。

「沒問題！」洛可可試著用雙手握住劍柄，但由於闊劍太長，重心無法控制，光要維持目前的姿勢，小手就已經顯得有些微微發抖。

「很吃力吧？」古厲丹教官看著洛可可說：「不管是力量或是體型，這種重型的武器都不適合現在的你。」

「不……不會呀，我覺得很……輕鬆……」洛可可身軀僵硬，但仍嘴硬地說著。

「好，我現在要去指導其他學員，在下課之前，你的劍尖都要持續對著我。」古厲丹教官也不多說，交代完便轉身走向其他小怪獸，開始進行教學。

「哼……那有什麼問題……我可是要成為第一勇士的小怪獸……」看著古厲丹教官的背影，洛可可緊緊握住闊劍，喃喃自語。

現在，訓練場上的小怪獸們共分成三個區域：一個區域的小怪獸們拿著短劍，統一練習著劈砍、突刺……等動作；另一個區域的小怪獸們，則由古厲丹教官根據所選的第二武器進行教學；而最後一個區域，只有一名孤單的小怪獸，舉著超過自己身高的巨劍，對準教官擺出雙手劍的架式。

「匕首可以分成正握跟反握兩種，」古厲丹教官接過一把匕首，示範著刀尖往下以及往上兩種握法，「但不論哪種握法，匕首的攻擊範圍還是太短，在開放空間戰鬥時較為不利，反而是進行突襲或是在較狹窄的地方，例如樹林中，才可以發揮最大的功效。」

古厲丹教官指導小怪獸們握刀訣竅的同時，也不動聲色地用眼角餘光向洛可可掃去，只見洛可可咬著牙，雙臂顫抖，但持續將劍尖對準自己。

「你叫蓋比對吧？」古厲丹教官走向拿著釘頭槌的蓋比：「把釘頭槌當作短劍，揮揮看。」

「喝！」蓋比服從地舉起釘頭槌，隨即作出流暢的劈砍與橫掃。

「嗯？你有拿過槌子嗎？」古厲丹教官略感訝異，雖說釘頭槌跟短劍的握法類似，但由於重心的不同，需要花很多時間學習，才能憑藉手腕的控制力來適應重心。

「有，蓋比最喜歡槌子。」蓋比看似輕鬆地揮舞著釘頭槌，一邊回應著教官。

「那好，」古厲丹教官點頭，「釘頭槌是破壞性相當高的武器，戰鬥時主要可以鎖定敵人的……」

「關節、骨頭，砸碎！」古厲丹教官還沒說完，蓋比便接過他的話：「肌肉、結構，破壞！」似乎在對一個隱形的對手進行各種弱點攻擊。

「……對，你在哪裡學到這些的？」古厲丹教官對這個小怪獸越發好奇。

「我爸爸教的。」蓋比揮動著釘頭槌，猛地往地上一捶，在揚起的塵埃中停止了練習。

「你父親是哪裡的守衛或教官嗎？」古厲丹看著地上被蓋比砸出來的小坑洞，疑惑地問道。

「肉骨之丘。」蓋比吐了一口氣，站直身體，回答教官。

「這名稱……聽起來應該是某個遠方的傭兵團？」古厲丹教官努力思索後，不確定地詢問。

「教官，你不常逛市集對吧？」蓋比正要回答，旁邊一個練習匕首的小怪獸忍不住笑了出來：「肉骨之丘就是活力市集裡最有名的那間肉舖呀！」

一瞬間，訓練場傳出了巨大的笑聲，看著尷尬的古厲丹教官跟放聲大笑的小怪獸們，蓋比抓抓頭，再次露出憨厚的笑容。

Chapter 11 鬪劍的考驗

下午，伊恩校長正在自己的白色帳篷內批改文件，閱畢，伸了個懶腰，按照慣例走出帳外，開始學園的巡視工作，過程中也不忘進入各個帳篷，實際觀察小怪獸們的學習狀況；走過射箭場時，校長被訓練場突然傳出的笑聲所吸引，摸了摸下巴的山羊鬍，便帶著笑容，往聲音傳來的方向走去。

「所……所以……你一直都是用料理肉品的方式在使用釘頭槌？」古厲丹教官那張扭曲又佈滿疤痕的灰臉，在守衛與小怪獸們的笑聲中，居然微微泛紅。

「對呀，」蓋比仍然維持憨厚的笑容，「把關節跟骨頭末端敲碎，比較容易去骨；肌肉纖維被敲斷的肉排，口感也會更嫩，我爸爸都是這樣教我的。」

「咳……好吧……雖然目的不同……但你確實有掌握到訣竅……」古厲丹教官的嘴角抽蓄，但口氣已經慢慢平復，「好好練習，就算第二武器不列入成績評比，但如果你的表現優秀，我還是會作為加分的考量。」

蓋比用力點頭，再次拿起釘頭槌練習，嘴裡仍小聲唸著：「里肌肉……肩胛肉……後腿肉……」

古厲丹教官搖了搖頭，走向遠處劍尖仍對著自己，面露疲憊的洛可可。

「不管選擇什麼樣的武器，掌握平衡都是戰鬥的基本功。闊劍對目前的你來說，太勉強了。」古厲丹教官走到洛可可身前，後者已經滿身汗水。

「一點都不勉強。」洛可可的綠髮被汗水沾黏在額頭上，雙手僵硬發抖，但仍然沒有放棄的意思。

「好，我們來做個試驗，」古厲丹教官拿出短劍，面對著洛可可，「保持你的架式。」話音未落，短劍便橫掃向洛可可手持的闊劍，雖然教官並未施加力量，但原本就只能勉強維持平衡的洛可可，卻因為重心偏移而踉蹌，無法維持站姿。

「還可以嗎？」古厲丹教官注視著勉強支撐，沒有跌倒的洛可可。

「……可以，」洛可可重新舉起闊劍，對準古厲丹教官說道：「剛剛是我沒注意，那不算。」

「好，那這次提前預告，我會更用力地向你的左側攻擊。」古厲丹教官轉動著手中的短劍，再次往洛可可的闊劍斬去，只聽見鏗鏘一聲，洛可可闊劍脫手，一屁股跌坐在地。

跟早些時候的歡笑聲相比，訓練場這時的氣氛顯得十分安靜，所有的小怪獸都停下動作，看著洛可可與古厲丹教官的對峙。

「我知道你還不打算放棄，現在換你，」古厲丹教官把短劍收入鞘中，舉起臂盾，「輪到你試著攻擊我。」

洛可可喘著氣爬起來，沒有答話；經過長時間維持闊劍的架式後，他清楚自己的力量已經到了極限，無法再以一般的方式進行攻擊。突然間，他靈機一動，將劍尖指地，雙手低垂放鬆，以拖行闊劍的姿勢站立；深吸一口氣後，彷彿要把最後的力量用盡一般，左腳大步跨出，將闊劍從身後向前猛甩，一道漂亮的半圓形，猛地往古厲丹教官水平斬去。

雖然古厲丹教官對於洛可可用扭腰帶動身體的方式來增加斬擊威力感到有些意外，但憑藉著豐富的實戰經驗，在洛可可出手的瞬間，便判斷出闊劍的走勢，並擺好防禦態勢，準備與闊劍正面對決，隨著一聲巨響，教官仍站在原地，不動如山，而洛可可的闊劍卻再次脫手，身子緩緩下滑，最終癱坐在地。

「練習結束，」伊恩校長的聲音從訓練場外傳來：「學員們請到這裡集合。」聽到校長的指示，小怪獸們便乖順地朝校長跟前靠攏。

「你沒事吧？」小巴跑到洛可可身邊，扶起仍在調整呼吸的洛可可，一同朝校長方向走去。

「剛才的練習很精彩，大家應該都從中有所收穫。小朋友，第二武器的選擇很多，為什麼你要選擇闊劍？」伊恩校長注視著最後走入隊伍的洛可可，口氣和緩地詢問。

「……因為我想成為守護怪獸村的勇士。」洛可可稍加思索後回答道。

「想要守衛自己的家園是相當令人欽佩的情操，不過，難道短劍、匕首、戰槌……等武器，就不能達到這個目標嗎？」校長掃過小怪獸們手上的武器，目光再次停留在洛可可身上。

「可是闊劍的攻擊力最強……」而且最帥氣，洛可可心想，但沒有說出口。

「想要將戰力發揮到極致，除了武器本身，使用者也必須有相對應的條件，透過剛才的練習，你應該有所體會吧？」伊恩校長耐心地解釋。

「嗯。」雖然心有不甘，但洛可可還是表示贊同。

「使用不適合的裝備，除了無法發揮，在實戰中甚至可能會連累同伴。」古厲丹教官補充。

「今天，教官跟這位學員幫我們上了非常寶貴的一課：與其執著於追求最強，倒不如尋找最適合自己的武器。」伊恩校長微笑地看了一眼手持釘頭槌的蓋比，繼續對小怪獸們說：「現在，請把裝備歸還至武器庫，可以放學囉！」

小怪獸們魚貫離開訓練場後，伊恩校長轉身，對站在身後的古厲丹教官笑道：「我注意到了，剛才要不是你在最後一刻把右手也搭在盾牌上，想要抵擋小傢伙那突發奇想的一擊，恐怕也不是這麼容易吧，古厲丹？」

古厲丹教官保持沉默，對著校長點了點頭。

Chapter 12 守護家園的各種方式

結束了一天的辛勞，迎來洛可可最期待的晚餐時分，這是一家人在大啖美食之餘，也能交流心情、分享故事的幸福時光；然而，一股冷冽而刺鼻的冰涼氣息，卻瀰漫在今晚的餐桌上。

「哇！這是什麼味道……」洛可可的爸爸捏著鼻子走到餐桌旁。

「看看你兒子做的好事。」媽媽端著湯鍋走來，甩頭指著坐在餐桌另一端，高舉雙臂的洛可可。

「嗯？你的手怎麼……」爸爸走向洛可可，突然大喊：「天呀！這不是我的冷銀藥膏嗎？」

「對呀，我的手臂在訓練時拉傷了，還好這藥膏的效果不錯！」洛可可原本灰色的皮膚在塗滿冷銀藥膏後，透出銀亮的光澤。

「你也太浪費了……」爸爸拿起空空如也的藥瓶，心疼地說：「想當初，我前往阿拉洛奇山脈的深處探險時，被一頭銀龍襲擊，經歷了千辛萬苦，終於打敗牠，取得銀龍眼淚，這才調製出了……」

「冷銀藥膏的原料明明是銀冷草，達辛妮教官教過了，在陰涼的山區地帶就可以找到，」洛可可打斷爸爸的話，「連古德爺爺都調得出來。」

「咳……不錯……」爸爸有些不好意思地乾咳了一聲：「我其實是想測試你在勇士學園的學習成果……但不論如何，冷銀藥膏還是相當珍貴的，你居然這麼浪費……」

「好了，你們去把窗戶打開讓房間通風，就可以吃飯了。洛可可，你再去洗一次手！」媽媽把最後一盤生菜端上桌，坐了下來。

用餐時間，大部分談論的話題仍然圍繞在洛可可的學園新生活，洛可可也興致勃勃地分享著發生的新鮮事。

「很好笑吧！古厲丹教官發現肉骨之丘只是一家肉舖的時候，整張臉都紅了耶！」洛可可興奮地說著，嘴裡還塞著一大口生菜。

「呵呵，的確很有意思，話說回來，肉骨之丘的食材真是新鮮又美味，我想明天可以再去買點火腿回來。」媽媽笑著說。

「不過教官說的沒錯，你的體型跟力量還不適合使用闊劍，下次不要再逞強了喔！」爸爸一邊說，一邊拿起肉排往嘴裡送。

「好啦……但我真的很想成為守護怪獸村的勇士。」想到跟教官的對練，洛可可依舊不太甘心。

「就像校長說的，選擇最適合的裝備，才能增加戰鬥中的優勢，」爸爸擦了擦嘴，喝了一口水，繼續說：「而且，除了選擇武器，其實連守衛家園這個理想，也有許多方式可以實現呢！」

「什麼意思啊？」洛可可放下餐碗，不解地望著爸爸。

「你瞧，村裡日夜巡邏的守衛，用自身的力量確保村民不受侵害，這是方式之一；而艾爾農場透過指導村民進行耕作，確保怪獸村的糧食供應充足，這不也是另一種守護家園的方式嗎？」爸爸解釋著。

「那爸爸你呢？」洛可可好像稍微明白了其中的道理，好奇地問著爸爸。

「爸爸我啊，是個交易商，」講到自己，爸爸得意地說：「許多村裡無法自給自足的特殊物資，都是經由我與其他種族聯繫後，進行交換或採購回來的呢！所以，幫助怪獸村取得物資，就是我守護家園的方式……」

「說到這個，」媽媽突然打岔，「最近你的工作量是不是減少了？再偷懶的話，下個月開始我們晚餐可能只剩下蔬菜囉！」

「唉，不是我偷懶，只是最近地精村跟精靈村的信件都少了些，我也已經主動讓郵差蝸牛捎信過去，問問他們需不需要交易銀冷草或其他物資了。」爸爸解釋後，再次看向洛可可，準備繼續剛才的話題。

「總之呢，」可能是說了太多話，爸爸又喝了一口水，接著說道：「我們可以多加嘗試，找到適合自己的發展方向，為家園貢獻心力，就像選擇武器那樣，明白了嗎？」

「那爸爸你以前有學習第二武器嗎？」洛可可好奇問道。

「當然有，我的第二武器是弓箭，」爸爸再次露出得意的表情，手舞足蹈著，「年輕時，大家都稱我為『千發百中』的神射手洛特科瓦呢！」

「不對呀？」洛可可出聲打斷正做出彎弓射箭動作的爸爸：「弓箭不是每個小怪獸都要學的課程嗎？」

「啊……是這樣嗎？可能年代久遠，爸爸記錯了，哈哈……」爸爸停止拉弓動作，抓了抓頭乾笑著。

「還有，『千發百中』，聽起來也不怎麼厲害吧？」洛可可追問。

「呃……那是因為……因為……」爸爸轉頭望向媽媽，露出求救的眼神。

「好啦，洛可可，吃完飯就先去休息吧，讓手臂多恢復些，明天還得上課呢！」媽媽出聲結束了這個話題後，看向投來感激目光的爸爸，繼續說：「至於你嘛，千發百中的洛特科瓦，今天的碗就交給你洗囉！」

Chapter 13 奇獸學

「閃眼熊怪，一般也稱作做閃眼熊，顧名思義，是種能從眼睛發出亮光干擾對手，同時進行攻擊的野獸；牠們通常居住在陰暗的山洞裡，除了入侵者外，不會主動發起攻擊。」課堂上，達辛妮教官正認真地傳授奇獸知識，小怪獸們則聚精會神地聽講，同時在課本上描繪出閃眼熊的輪廓。

「洛可可，你的閃眼熊畫得不錯耶！」小巴靠向洛可可，指著他的圖：「但這些線條是什麼？」

「這是闊劍的攻擊範圍。」洛可可沒有抬頭，直接回答小巴。

「那這些短一點的線條是？」小巴接著問。

「弓箭，可以從遠處瞄準牠的眼睛，咻咻！」洛可可指著圖上較短的線條，這些線條直接對著閃眼熊的頭部。

「那這最短的，應該是匕首囉？」小巴有點興致地問。

「對啊，只有在最接近時才有機會出手。」洛可可畫完最短的線條，終於停筆。

「你還在想第二武器的事情嗎？放棄吧，跟我一起拿短劍不就好了。」小巴小聲地勸著洛可可。

「你們兩個，站起來。」達辛妮教官打斷了兩人的交頭接耳：「上課不專心，考考你們，萬一在野外遇到閃眼熊該怎麼辦？」

「舉起武器，準備戰鬥。」洛可可把繪圖翻過來展示：「我已經想好對付閃眼熊的三種戰鬥方式了。」

「以你們目前的年紀跟力量，直接跟閃眼熊進行戰鬥的危險性太高，不適合。」達辛妮教官稍稍瞥過，便否定了這項建議。

「那……裝死？」洛可可想了一下說出的答案，惹得大夥哄堂大笑。

「一般狀況下或許有用，但如果是在牠的活動範圍內被發現，裝死很可能會變成真死。」達辛妮教官搖搖頭，看向小巴，「換你回答。」

「嗯……躲到樹上？」小巴怯生生地回答。

「不行，牠會爬樹，或把你搖下來，再想。」教官毫不猶豫便否決這個想法。

「那……那……逃走！」小巴又想了一下，才不確定地吐出答案。

「算你答對，」達辛妮教官看了一眼小巴，接著說：「閃眼熊對於自己的領域有很強的保護意識，萬一不慎闖入，最好的方式就是慢慢退出這個範圍。」

「教官，如果戰鬥沒有勝算，又來不及逃走，該怎麼辦？」洛可可發問。

「閃眼熊對聽覺很敏感，真的走投無路的話，只好想辦法唱歌或演奏樂器，用音樂放鬆牠的警戒，再伺機逃離。」

「那如果沒有樂器怎麼辦？如果我的歌聲很難聽怎麼辦？如果……」洛可可不死心，持續追問。

「正是因為有這麼多不確定的『如果』，」達辛妮教官舉起手，打斷洛可可的詢問，轉向大家：「所以請各位記住，與其絞盡腦汁思考遇到困境時該怎麼做，更好的做法就是在一開始就避開潛在的危機。」

「嗚——」遠處的號角聲傳進帳篷。

「好，今天的奇獸學先上到這邊，大家準備休息吃飯。」達辛妮教官闔上課本後，便捧著教材離開帳篷。

午餐時間，蓋比與幾個較強壯的小怪獸從伙房提來一鍋鍋的食物，小怪獸們有秩序地拿著自己的餐碗排隊領取午餐。

「講真的，你不要再選闊劍了，」小巴在隊伍中，苦勸著排在他前面的洛可可，「跟我一起練習短劍，輕鬆一點多好。」

「闊劍暫時是拿不動了，我手臂的拉傷還沒好呢，但還是得找出適合我的第二武器才行！」洛可可扭過頭回答小巴，突然感到手中餐碗一沉，差點掉到地上。

「洛可可，多吃肉才有力氣。」蓋比拿著大勺，笑咪咪地看著他，洛可可這才發現自己的碗裡被蓋比添了一大坨肉醬。

「謝啦，蓋比，你最有力氣了，我看班上只有你能用闊劍。」洛可可用舌頭舔了一下濺出的肉汁，看著蓋比。

「蓋比雖然拿得動，但用不順手，所以蓋比還是最喜歡……」

「槌子，大家都知道了啦！」洛可可苦笑：「但我真的不想選槌子。」

「你們快一點，肚子餓扁了啦！」直到小巴與後面排隊的小怪獸們發出抱怨，洛可可這才拿著自己的午餐回到座位，小腦袋還在思考，最適合自己的武器到底是什麼？

Chapter 14 生命木樁

午後的訓練場，小怪獸們依然全力以赴地進行短劍的基本訓練，古厲丹教官也穿梭在隊伍中，不厭其煩地進行指導。

「每天都做一樣的練習，真無聊……」小巴意興闌珊地揮著短劍，一邊嘟囔著。

「基本動作的訓練至關重要，別因為重複而感到厭煩，」似乎是聽到了小巴的抱怨，古厲丹教官高聲提醒：「就算已經熟練，也要經常複習！」

「受死吧，小熊怪！」相較於小巴，洛可可則是全神貫注地朝空氣揮砍，與幻想中的閃眼熊搏鬥。

「好，現在休息，教官去準備教具。」基礎練習結束後，古厲丹教官示意大夥兒到樹陰下稍做休息，便領著看守武器庫的兩個小怪獸守衛一同離開。

「你還真是有幹勁耶。」小巴慵懶地坐在地上，眼睛跟著洛可可的每個動作，雖然在樹陰下，但洛可仍不停比劃著。

「好機會！」洛可可左閃右避後，再往前做出直劈的動作，這才停止練習：「閃眼熊逃跑了，小勇士洛可可再次解救了小巴。」

「你在幻想什麼啦，還不趕快休息，教官等下就回來了。」小巴搖了搖頭，靠在樹旁閉上了眼睛。

「小勇士集合。」沒過多久，遠處傳來古厲丹教官的聲音，他與兩個小守衛正用推車運來一綑大小各異的樹樁。

待大家排好隊伍，古厲丹教官開始進行解說：「基本動作熟練後，我們就可以進行下一階段的訓練。」說完，他從推車上搬下一樁高度跟小怪獸差不多的木樁，用力插在地上，瞬間，枯萎的木頭似乎重新被賦予生命，從底部蔓延出新生的樹根，牢牢抓住地面，令小怪獸們目瞪口呆。

「這些木樁是用生命樹的枝幹所做，雖然僅僅是末端，但也有很強的生命力，你們看。」古厲丹教官抽出腰間的短劍，往木樁上劃出一道痕跡，但過了幾秒鐘，在眾人的目光下，那道痕跡居然慢慢消失，恢復成之前的模樣。

「好神奇！」洛可可拉著驚訝的小巴說，看得出來，即使是對戰鬥訓練興致缺缺的小巴，也對這些木樁產生了興趣。

「有沒有學員想要示範？」古厲丹教官看向小怪獸們。
「我！我我我！」還沒等教官同意，洛可可就跑到隊伍最前面。
「好，洛可可你試試。」教官似有深意地笑了一下，同意洛可可的示範。
洛可可舉起短劍，大喝一聲後對準木椿全力劈去，只聽見「咔」一聲，木椿留下了一道較深的痕跡，但同時，洛可可的短劍也甩到地上。
「好痛……」洛可可痛到眼淚都流出來，不停地甩著手。
「攻擊的同時，請牢記手部也會承受相同的反作用力；」古厲丹教官對著大家說：「之前的對練，當我擋住洛可可的闊劍攻勢，正是因為反作用力導致他的武器脫手，因此單純的空揮只是讓你們熟悉招式動作，若想應用在實戰中，還需要以實物作為訓練對象；從現在起，大家開始輪流練習吧！」

古厲丹教官與兩個小守衛將幾椿生命枝幹立於場上後，便讓小怪獸們分組進行練習；有了洛可可的經驗，所有人在攻擊時都特別注意將武器握緊，雖然每次反彈的力道都讓手掌疼痛不已，但至少沒有發生武器脫手的情形。
「嘿呀！」小巴對著生命木椿劈砍了幾下後，收起短劍，搓了搓紅通通的手，回到隊伍後方，對洛可可說：「砍木椿比砍空氣有趣多了！」

「你確定有砍到嗎？」洛可可笑著說：「怎麼木樁上連一點痕跡都沒有呢？」

「哼！我可是好好分配了攻擊的力道跟握住劍柄的力量，」小巴不服氣地說：「不像你，每攻擊一次，武器就飛出去一次。」

「剛才只是因為教官沒有提醒，我不會再犯了，你等著看吧！」洛可可說完，朝雙手吐了口口水，用力摩擦著，等待前方蓋比的訓練結束。

「嗯！嗯！」蓋比一邊發著悶聲，一邊進行揮擊；跟小巴不同，雖然出手的頻率較慢，但每次的斬擊都確實在木樁上留下較深的切口。

「教官！」砍了幾下後，蓋比把短劍收回腰間，舉手呼喊著正在另一邊指導艾爾卡斯的古厲丹教官。

「什麼事？受傷了嗎？」古厲丹教官走來，盯著蓋比高舉的手。

「沒有受傷，只是短劍太輕，我可不可以用槌子？」

「嗯？」教官看著木樁上正慢慢癒合的痕跡，再看著蓋比，點了點頭。

「謝謝教官。」蓋比收起短劍，換上釘頭槌，甩了甩手臂，重新對著木樁用力一捶：「肩胛肉！」

「**砰！**」一聲巨響，在樹樁噴飛的木屑，以及大夥兒的注視下，蓋比露出了愉悅的笑容。

Chapter 15 匕首的威力

「前腿肉！」「砰！」「頸肉！」「砰！」「腹肉！」「砰！」

蓋比低聲唸著食材部位，行雲流水地揮舞著釘頭槌，每次的揮擊都把生命木樁砸得砰砰作響，木屑噴飛。

「暫停！」古厲丹教官伸手拉住微微喘氣的蓋比，制止了練習：「讓生命木樁休息一下。」

大家看著眼前遍體鱗傷的木樁，還來不及同情，木樁便開始用肉眼可見的速度進行恢復；蓋比見狀，又舉起釘頭槌，想上前追打。

「你也休息一下，」古厲丹教官把蓋比拉回來，「我知道你很有使用釘頭槌的天賦，但過度訓練不但沒有好處，反而會對身體造成損傷，不要心急。」

「對呀，換人了，蓋比去排隊啦！」在小怪獸們的催促聲中，蓋比點了點頭，收起釘頭槌，乖乖走到隊伍後面。

「你的力氣還真大！」小巴湊到蓋比身前，好奇地問：「這樣猛烈的攻擊，手掌一定很痛吧？」

「不會啊。」蓋比伸出厚實的小手掌，上面佈滿與他年紀不符的厚繭，「你看，我四歲就開始在肉骨之丘搥肉了，一點都不痛。」

大家圍在一起討論蓋比的手掌，洛可可則在旁羨慕地看著。

「雖然蓋比對槌類武器有天分，但如果不是經過長時間的苦練，也不可能有這樣的成果。」古厲丹教官走近，提醒洛可可。

「我知道，只是我連自己適合拿什麼武器都還不曉得……」洛可可看起來有點沮喪。

古厲丹教官沒有說話，從腿部抽出一把匕首，手柄端指著洛可可，「一開始我就說了，你的體形跟力量不適合用闊劍，試試這個。」

洛可可接過匕首，這是古厲丹的個人武器，如同他的風格，樸實無華的匕首上並沒有多餘的雕飾或是寶石鑲嵌，只有數不清的細紋，似乎在訴說著所經歷的每場戰鬥；洛可可拋接了幾下匕首，掂量重量後，走到木樁前，採用正手握法，迅速地在木樁上劃下一道雖短，但卻入木三分的痕跡；出乎意料的他愣了一下，望著手上的匕首。

「小心點，這把匕首可是開過鋒的，跟練習用的裝備不同，」古厲丹教官提醒洛可可：「換手試試。」

洛可可點了點頭，將匕首換到左手，再次施展全力往生命木樁進攻；這次的攻擊，恰好與前一次連成了一個「X」的痕跡，洛可可轉頭，得意地看著古厲丹教官。

「還可以，」教官微微點頭，「匕首雖然因為長度的關係，在距離上較為弱勢；但另一方面，也因為把力量全部集中在這短短的刀刃上，雖然不能造成大範圍的傷害，但局部範圍的破壞力卻也不容小覷。」

古厲丹教官伸手拿回匕首，站到木樁前，採取跟洛可可相同的正手握法，此時洛可可留下的痕跡已經快要消失，古厲丹猛然一擊，不偏不倚正好劃在X上。然而，攻勢並未停止，教官左右移動步伐，再次向前進擊，命中相同的部位；更驚人的是，第二擊結束後，他將匕首拋向空中，反手接住，擊出反方向的第三擊；唰唰聲中，匕首每次都精準地加深了木樁上的痕跡，最後，教官雙手合握匕首，瞄準X痕跡的中心突刺，將整支刀刃插入木樁。

「靈巧的匕首攻擊，累積在同一個範圍，也能造成巨大的傷害。」古厲丹教官轉身對著張大嘴巴的洛可可解釋，這才發現，不光是洛可可，在他開始進行示範後，小怪獸們的注意力便從蓋比的手掌轉移到這邊；這時，所有的小怪獸都目瞪口呆地看著他。

「我……我要學習匕首！」不知道哪個小怪獸先發出聲音。

「我也要！我現在就去武器庫！」

「你的匕首借我一下！」

「安靜！」古厲丹教官大喝一聲，止住大夥兒的喧嘩。

「剛才的示範，目的是要讓你們明白，沒有絕對強大的武器，只有最適合自己屬性的武器，只要加以勤練，就能發揮出最強的實力，現在請繼續練習！」說完，古厲丹教官使勁把匕首從木樁上拔出，收入腿上的皮革劍鞘。

「走！去拿匕首！」

「快快快！武器庫！」

「再慢就被搶光了！」

小怪獸們無視教官的補充，依然爭先恐後地往武器庫跑去。

「這群不聽話的小怪獸……」古厲丹教官搖了搖頭，露出苦笑。

Chapter 16 橡皮藤環

自從古厲丹教官示範了匕首的戰技後，每當戰鬥訓練時，匕首總是在第一時間便被所有小怪獸搶光，勇士學園為此只得額外增購練習用的匕首，伊恩校長也時而提醒無辜的古厲丹教官，不要再為特定武器進行示範，避免小怪獸們一窩蜂地瘋搶，影響自身發展性的同時，也增加特定武器的耗損。

這天下午與往常不同，在大夥兒做完基礎訓練後，古厲丹教官並沒有推出生命木樁，而是提著一籃環狀的物品。

「教官，今天沒有木樁訓練嗎？」一個小怪獸疑惑地問。

「咳……最近練習用的匕首損耗太快，」古厲丹乾咳一聲，解釋道：「雖然已經請村裡的鐵匠鋪趕工鍛造，但還是趕不上消耗的速度，所以課程內容得做一些相對應的調整。」

「原來是這樣……」一旁坐在地上的洛可可說：「真可惜，我的絕招——洛可可X斬已經越來越熟練了。」

「你就是最大的兇手，」古厲丹教官面露無奈的說：「別的小怪獸爭搶匕首也就算了，你不但搶，每次還多拿一把。」

「教官，是你說過要我們多嘗試不同的武器呀！經過這些日子的測試，我發現雙持匕首很適合我，」洛可可邊說邊比劃：「不但可以節省武器換手的時間，攻擊力還加倍呢！」

「耗損也加倍……」教官搖頭說道：「總之，最近除了基礎訓練以外的時間，我們會先進行弓箭的訓練。」

在大家好奇的眼光中，古厲丹教官從籃子裡取出數個用樹籐編織而成的圓環，跟大家解釋：「這是橡皮藤的藤蔓，你們應該都見過吧？」

橡皮藤是怪獸村周邊常見的植物，堅韌耐用又具有彈性，可以拿來綑綁物品甚至加工成編織品；見小怪獸們並不陌生，教官便將橡皮藤環發給大家，開始示範。

「把藤環舉到胸前，雙手握緊後，一手往外推，一手拉住，維持原本姿勢。」古厲丹教官示範著，同時示意小怪獸們模仿他的動作進行練習。

「喝！」洛可可努力地拉開藤環，感受著手臂與背部肌肉的緊繃。拉弓練習看起來簡單，實際上需要耗費大量的力氣維持姿勢，反覆拉開幾次後，所有小怪獸的額頭都已開始冒出汗珠。

「好，接下來一樣的動作，換手！」教官說完，開始走進隊伍，對每個小怪獸的動作進行調整，同時不忘提醒：「不要小看基礎的練習，拉藤環的動作對於你們將來實際的握弓、拉弓、定位，還有肌肉的運用都有很大的幫助！」

經過了數次左右手的交替練習，古厲丹教官收回橡皮藤環，結束了今天的訓練。

「教官，」小巴一邊甩著手，一邊詢問道：「什麼時候我們可以實際射箭？」

「接下來，我們每天都要做橡皮藤環的拉伸訓練，等具備一定的穩定性後，才能實際射擊。」古厲丹回答後，停頓了一下，又說：「因為課程的臨時改動，目前學園的練習用弓數量有限，校長建議各位家中若有弓箭，可以使用自備的器材進行訓練，至於其他學員也不必擔心，我們會盡量提供。」

傍晚，洛可可一回到家便跑進爸爸的書房。

「什麼？你想要借我的弓？」爸爸把寫完的書信封好，疑惑地看著洛可可。

說道。

「嗯，校長說勇士學園的練習弓不夠了，可以帶家裡的弓來做訓練。」洛可可點頭

「可是……」爸爸摸摸鼻子說：「我的弓已經很久沒使用，不知道放到哪去了……可不可以先用學園提供的呢？」

「拜託嘛……」洛可可雙手合十，裝出一副誠懇的表情。

「雖然你這麼說，但這麼臨時，我也……」爸爸為難地說。

「唉……好吧，其實我是想給同學看看，傳說中千發百中的神射手洛特科瓦所使用的弓，是什麼樣子……」洛可可假裝低落地說。

「哼哼，真拿你沒辦法……好吧！我再去跟媽媽問問看，知不知道我的神弓被收到哪了！」

看著爸爸志得意滿的神情，計畫達成的洛可可露出了調皮的笑容。

Chapter 17 靈杉射手

經過了多日的橡皮藤環訓練，終於迎來了假日。清晨，洛可可早早就拖著爸爸擠在狹小的儲藏室裡翻箱倒櫃，滿懷期待地尋找那把塵封多年的弓。

「真沒想到，儲藏室堆積著這麼多的垃圾……」洛可可一邊摀著鼻子擋住灰塵，一邊隨意翻著箱中的文件。

「這些才不是垃圾，」爸爸隨手把一塊碎布綁在臉上遮住口鼻說道：「這都是我們怪獸村跟其他種族的交易紀錄，說不定哪天就會派上用場呢！現在幫我把這箱文件搬出去。」

整個上午就在父子倆忙進忙出中度過，不知不覺間已經到了正午。

「呼……爸爸……你的弓真的收在儲藏室嗎？」滿身大汗的洛可可搬出一箱書寫葉

後，拍了拍身上的灰塵，再次走進儲藏室。

「奇怪……媽媽明明是這樣說的呀……有了！」突然，爸爸像是找到寶藏一般，把一箱文件丟到一旁，從櫃子的深處拖出一只佈滿灰塵的皮箱。

「終於找到了，快點打開吧！」洛可可興奮地湊過來。

「好久不見了，老朋友，」爸爸用力吹開箱子上的灰塵，小心翼翼地打開皮箱：

「出來吧！靈杉射手！」

在所有傳奇故事裡，當神器從箱子打開的那一剎那，必定會向四周散發出絢爛奪目的金光；然而，正當洛可可舉起手，試圖阻擋即將射出的耀眼光芒時，卻只聽見「嘎吱」一聲，皮箱就已經打開，在什麼都沒發生的情況下，一把平凡無奇的裸弓便這樣被爸爸給拿了出來。

「就這個？」洛可可皺著眉頭，一副木然的表情望著爸爸。

「怎麼樣，嚇到了吧？」相較於洛可可，爸爸則是取出箱內的擦拭布與弦臘，準備進行保養。

這把裸弓由一整塊杉木製成，結構簡單，除了弓柄處有用麻繩稍微纏繞之外，其他露出的部位早已染上一層灰，彷彿訴說著所經歷過的歲月；洛可可輕彈了一下弓弦，便被噴起的灰塵嗆得連打了好幾個噴嚏。雖然對弓的了解不多，但洛可可確信，這把弓即使在學園遺失了，拾獲的小怪獸也會將它繳回武器庫，跟其他練習弓擺在一起。

「我想，武器庫的練習弓數量應該還夠，我還是用學園的就好……」洛可可嘴角抽搐著，轉身就要走出儲藏室。

「哎哎，別急著走呀！」爸爸拉住洛可可，「你可別小看這把弓呀，看仔細了，它可是有個獨一無二的地方呢！」

「喔？在哪裡？」洛可可似乎重新燃起興趣，盯著爸爸手上的單體弓。

「喏，你看看下面的弓梢。」爸爸舉起弓，指著弓梢下方刻著的符文。

「這是精靈的符文吧？它能賦予這把弓特殊的魔力嗎？」雖然洛可可看不懂精靈文，但這麼複雜的圖騰，想必只有精靈一族使用。

「哈！你猜對了一半！」爸爸神情驕傲地笑道：「沒錯，這是當年精靈族為我加持的祝福符文，含意是——千發百中！」

「這聽起來……更像是一種詛咒吧？那它到底有什麼魔力加持？」洛可可的興致似乎沒有一開始高昂了。

「這部分我就不太清楚了……但至少這符文證明爸爸我是精靈族的好朋友，或許能增加使用時的信心……」爸爸有點尷尬地說。

「……不用麻煩了……謝謝你，爸爸，我決定用學園提供的練習弓就好……」洛可可拍了一下額頭，再次轉身走出儲藏室。

「唉呦，好不容易找出來了，你就帶去練習嘛，搞不好會很適合你呢！」爸爸不死心地追了出去，不小心撞倒一個櫃子，讓原本雜亂的儲藏室更加狼藉了。

Chapter 18 實弓訓練

「就這個？」小巴在通用語課上，看著洛可可偷偷拿出來的靈杉射手，有些不確定地問：「這就是你那個神射手老爸用的弓？」

「對啦……它叫做靈杉射手……」雖然不情願，但耐不住爸爸的要求，洛可可還是把靈杉射手帶來勇士學園。

「看起來很普通啊，你確定這不是從武器庫裡偷出來的？」小巴臉上露出疑惑之色。

「我也是這樣跟我爸爸說的……」洛可可輕聲說道。

「還是你們搞錯了，它其實叫做練習弓——編號〇三？」小巴的疑惑絲毫沒有減少，繼續刺激著洛可可。

「唉喲！我爸就說它叫靈杉射手啦，你看它弓梢上面還有精靈的……」洛可可不耐地回答，不經意間竟忘記控制音量，引來所有小怪獸的注視。

「洛可可！」達辛妮教官生氣地打斷兩人的對話：「上課不專心！站起來，問你，『你好，我的名字叫做洛可可』怎麼用通用語說？」

「泥……泥豪，」無奈的洛可可站起來，用生硬的語氣回答著：「窩的迷子腳做羅卡卡……」

「亂七八糟，聽得懂才怪……」達辛妮教官搖了搖頭說道：「我知道你們都很期待下午的實弓訓練，但除了戰鬥技巧以外，知識也同樣重要；埃塔芙隆大陸有這麼多不同的種族，如果不懂基本的通用語，將來要怎麼跟其他種族進行交流呢？」在小怪獸們的笑聲中，洛可可摸了摸鼻子，不好意思地低下頭。

午後，豔陽高照的射箭場上，古厲丹教官開始為小怪獸們介紹弓箭，由於是第一次接受實弓練習，大夥兒認真又興奮地聽著解說，洛可可也在其中，把上午被達辛妮教官的訓斥暫時拋於腦後。

「一般來說，最常見的弓體是裸弓，」古厲丹教官舉起一把練習弓，「由一整塊木頭製作而成，沒有額外的輔助裝備，」

「你看，」小巴戳了一下洛可可，小聲地說：「跟你的○三長得一模一樣。」

「煩死了……專心聽啦！」洛可可把小巴的手撥開，看都沒看他一眼。

「裸弓操作起來比較簡單，但因為沒有輔助的設備，想要射準，需要長時間的練習，」教官沒有理會兩人的竊竊私語，一邊講解，一邊將一支箭搭在弦上，「穩定身體，調整呼吸，單眼瞄準目標，發射。」

「嗖！」一聲，古厲丹教官的箭已經命中前方大約五十步距離的箭靶，雖然沒有正中紅心，但小怪獸們仍然相當佩服，紛紛鼓起掌來。

「呼……」射完箭後，古厲丹教官稍做停頓，才解除舉弓的姿勢，望向小怪獸們：「弓與箭本身的條件、周遭環境等諸多因素，都會影響到精準度，這只能透過自身的練習來體會，也因為如此，熟悉自己的弓，會比學園提供的練習弓更有幫助，總之，我們就先從近距離開始訓練！」

語畢，所有的小怪獸們在距離箭靶約二十步左右的位置一字排開，開始舉弓練習。

「靈杉射手，你可不要讓我失望呀！」洛可可站在箭靶前，引弓待發，心中暗道。

「咻！」準備就緒，洛可可射出第一箭，箭身飛速射出，狠狠地插入標靶前三步距離的地面，掀起一絲塵土；洛可可不死心，接連射出好幾支箭，卻完全沒有命中，其中一隻箭還不小心射到了小巴的箭靶。

「呃……謝謝？」小巴望著自己的箭靶，看了看手上還沒射出的弓箭，又看了看洛可可，笑著說：「你是想幫我嗎？」

「哼，你自己射射看，這比我想像中困難多了。」洛可可不甘示弱地回嘴。

「好，我就試試看，」小巴舉起弓，正要瞄準，卻停了下來，轉頭看向洛可可，「對了，洛可可，我拿到的這把是練習弓——編號〇四，比你多一號喔！」

「趕快射啦！等等看你還有沒有心情開我玩笑。」洛可可沒好氣地說。

小巴重新調整姿勢，拉開弓弦，瞄準箭靶，一箭射出，雖然小巴的力量較小，射出的箭也有種輕飄飄的感覺，但出乎意料地，箭尖居然輕輕觸及標靶，才彈落地上。

「這樣，算是命中目標嗎？」小巴喃喃自語著，完全沒注意到洛可可驚訝的表情。

Chapter 19 精靈瞄準鏡

「呵……呵……小巴你的運氣真不錯啊……」洛可可乾笑著，轉頭看著從小巴箭靶上掉下來的箭。

「咻咻咻！」小巴默默地調整姿勢，接連射出幾箭，雖然不是每隻箭都能命中，但大多數都能碰到箭靶或是接近目標。

「我也來試試！」洛可可不甘示弱，舉起靈杉射手，賣力拉起弓，可惜，他射出的幾箭，不是射偏，就是直接插到土裡。

「可惡！」洛可可再次拿出一隻箭，使勁拉弓後射出，「嗤」一聲，這次箭矢竟深深地刺入標靶的紅心。

「小巴你看我多厲害！」洛可可興奮地拉著小巴，指向自己的箭靶。

小巴露出同情的表情說：「你自己數數看，射在地上的總共有幾……」

「你們快看克魯莫！」小巴話還沒說完，就被旁邊小怪獸們鼓譟的聲音給打斷，往聲音傳來的方向看過去，遠處，身形瘦小的克魯莫，身後已站了好幾個小怪獸。

「咦？克魯莫好像是那個跟你一樣弱小的小怪獸吧？有什麼好看的？」洛可可疑惑地說。

「我只是個子小，不是弱小，」小巴不滿地反駁：「我們也去看看吧！」

洛可可與小巴跟著擠進圍觀群眾，其實，洛可可說的沒錯，克魯莫的身形確實與小巴類似，都是體格相對嬌小的小怪獸，再加上穿著寬鬆的粗布輕裝，讓原本就瘦小的身軀顯得更加單薄；然而，此刻眾人的目光並不在克魯莫身上，而是遠方已插滿弓箭的箭靶。

「哇！又射中了！」大家一片驚呼聲中，克魯莫再次命中箭靶，嘴角露出得意的微笑，彷彿很享受著被崇拜的感覺。

「嘿，洛可可，看那個傢伙的弓。」當全場的注意力都集中在遠處的箭靶上時，小巴對洛可可撇了撇嘴，示意他留意克魯莫手上的弓，洛可可這才發現，與其他小怪獸所使用的弓相比，這把弓在握柄上方裝有一個環狀的裝置。

「那是精靈族的鏡片，我在書上看過，」小巴低聲說：「其實，並不是所有的精靈都擅長射箭，所以有些精靈會在弓上安裝這種特殊鏡片來幫助他們瞄準。」

「你的意思是，他作弊？」洛可可注意到克魯莫確實每次射箭前都會透過瞄準鏡對準箭靶，於是歪著腦袋向小巴詢問。

「也不能說是作弊……」小巴想了一下，「畢竟古厲丹教官只說，可以使用自己準備的弓，並沒有規定不能使用額外的輔助道具，對吧？」

就在這時，克魯莫再次命中箭靶。

「如果那個瞄準鏡真的那麼神奇，我一定要借來試試！」洛可可興奮地說道。

「雖然不算作弊，」小巴搖了搖頭：「但現在大家都在關注他，為了不丟臉，我想他應該不會借給我們……」

「我有主意了。」饒有興致的洛可可，沒等小巴說完，便撥開其他學員，走向克魯莫。

「克魯莫，你的弓術真厲害！那把弓看起來好像有些特別，能借我看看嗎？」洛可可走向克魯莫，興奮地說著。

「沒……沒什麼特別的。」克魯莫看了一眼洛可可，轉身拿出一支箭，準備再次練習。

「借我看一眼就好。」洛可可不死心，向前走近一步。

「別來煩我。」克魯莫不耐地說，一箭射出，再次準確命中紅心，引起小怪獸們的驚嘆。

「噢，別這麼小氣嘛！」洛可可直接站到克魯莫身旁。

「走開，別干擾我練習。」克魯莫再次準備搭箭。

「嗯？這個亮晶晶的是什麼？」洛可可假裝疑惑地指著瞄準鏡。

「你真煩，」克魯莫有些不悅，把搭起的弓箭放了下來，「既然你這麼想看，那就來個比賽吧，只要你能贏過我，這把弓就讓你看個夠。」

「但你這麼厲害，我不可能贏過你啊！」洛可可無奈地說。

「那就不要打擾我。」

「我知道了，」洛可可拍了一下手，「為了展現你的厲害，不如我跟小巴一組跟你比，加起來哪邊射得多，哪邊就贏。」

「克魯莫，你一定會贏的！」「就算三個洛可可分數加起來也不會比你高！」

在大家的喧嘩聲中，克魯莫雖然不情願，但還是勉強點了點頭。

「既然你答應了，那我們就開始吧！喂，小巴，還不快來！」洛可可露出狡詐的笑容，對嘗試溜走的小巴高聲喊著。

Chapter 20 射箭比賽

射箭場上，小怪獸們開始熱烈期待著這場由洛可可跟小巴組隊，對抗克魯莫的比賽。

「這就是你的計畫？把我也扯進來……」小巴一臉不情願地被洛可可拉著，低聲抱怨道。

「沒有你的幫忙，我怎麼可能贏過他呢？再說，你應該也很想看看那個精靈瞄準鏡吧？」洛可可慫恿著小巴。

「好啦，但我可不保證我們會贏。」小巴無奈地搖了搖頭。

「放心好了，他五支箭，我們十支箭，隨便射都能贏！」洛可可信心十足地說著，似乎一切都已經盤算好。

隨著三位小怪獸站定位，圍觀的小怪獸們也安靜下來。

「我不想浪費時間，開始吧！」克魯莫顯得有些不耐煩，舉起弓，第一箭直接射中遠處的箭靶。

「哇！克魯莫真的是神箭手！」「太厲害了！」在大家的低聲議論中，克魯莫毫不停歇，「唰！」，第二支箭再次精準地命中目標。

「洛可可，我們也開始吧！」小巴說完，便跟洛可可一起開始不分先後地射箭。

「結束！」隨著克魯莫大喝一聲，大夥望向箭靶，發出驚嘆：「五發全中，洛可可他們輸定了！」

另一邊，小巴最後一隻箭也輕輕地射中箭靶，他放下弓，吐了口氣，「呼……四分，我盡力了，現在得靠你囉，只要兩分，我們就能……嗯？」

小巴看著站在一旁動也不動的洛可可，催促著：「快點射呀，你還在等什麼？」

「小巴……」洛可可舉起空空如也的箭筒，有些不好意思地看著小巴。

「射完了？」小巴問道，洛可可點了點頭。

小巴看向洛可可的箭靶，上面一支箭都沒有，跟比賽開始前沒有兩樣，「……零分喔？」

「咳……克魯莫還真是厲害，居然能破解我的計謀。」洛可可紅著臉說。

「我倒覺得最大的敗筆是你自己吧……」小巴扶著自己的額頭。

「五比四，克魯莫獲勝！」大家紛紛對克魯莫報以熱烈的掌聲，克魯莫也露出得意的笑容，走近小巴與洛可可：「多五支箭還能輸，按照約定，你們不可以再來騷擾我了。」

「克魯莫，」這時，古厲丹教官的聲音傳來，小怪獸們紛紛朝兩側退開，讓教官走近，「你表現得很不錯，弓借我一下。」

「這沒什麼……」還沒等克魯莫說完，古厲丹教官已經拿過弓，並把上面的瞄準鏡拆下，轉向小怪獸們。

「這是精靈一族所製造的瞄準鏡，透過鏡面，可以把目標放大，增加命中的機率。」教官一邊解釋，一邊讓好奇的小怪獸們透過鏡片來觀察。

「真的耶！從這裡看，箭靶好像變大了！」「不但變大，還更清楚！」「克魯莫一直都用這個瞄準嗎？」「這不算作弊嗎？」小怪獸們交頭接耳，同時用奇怪的眼神盯著滿臉通紅的克魯莫。

「克魯莫沒有作弊，」在小怪獸們慢慢安靜後，教官開口：「首先，教官沒有想到新生自備的弓會裝有輔助道具；再來，瞄準鏡的功能只是看清目標，想要準確命中，還是需要憑藉自身對弓術的掌握。」

看著大家似懂非懂的表情，古厲丹教官繼續補充：「雖然克魯莫使用了瞄準鏡，但他的射箭技巧的確比各位嫻熟；我相信就算他不依賴額外的裝備，也能取得不錯的成績，這是你們可以學習的。」說完，他把瞄準鏡還給克魯莫，「但從現在開始，我要增加新規定——在學園弓術訓練與考試期間，禁止使用輔助道具，以求公平。」

「喂，克魯莫，」看著低著頭沉默不語的克魯莫，小巴想了想，開口說：「我的力氣不夠，常常射到箭靶卻好像蚊子叮一樣，你能為我示範拉弓的訣竅嗎？」

克魯莫訝異地抬起頭，看著小巴，緩緩點頭。

「克魯莫，你也來教教我們怎麼瞄準好嗎？」「對呀，就算沒有瞄準鏡，你還是比洛可可厲害多了！」其他小怪獸見狀，也開始圍著克魯莫請教。

古厲丹教官默默退了出來，看著恢復笑容的克魯莫，與夥伴們開心地分享射箭的心得。

Chapter 21 哥布林商人——崔紐特皮爾茲

日復一日的勇士學園生活裡，洛可可與其他小怪獸在接受知識薰陶與體能訓練之餘，也建立起更深厚的友誼，除了上學時的相處，偶而也會在假日相約到溪邊戲水、逛逛活力市集；這個假日，洛可可吃完早餐後便迫不及待地前往市集的中心廣場等待，沒多久，小巴的身影也從另一條道路出現。

「早安呀，小巴！」洛可可對著小巴揮了揮手。

「早呀，活力市集每天都是這麼熱鬧……今天我們要做什麼？」小巴報以微笑。

「我的彩虹泡泡糖全吃完了，今天剛好來補貨！」洛可可從懷中掏出一個沉甸甸的小袋子搖了搖，裡頭發出叮叮噹噹的金屬碰撞聲。

「這裡面有多少錢呀？」小巴看著袋子，好奇地問著。

「我沒有仔細數，但應該有幾十枚銅普拉吧？」洛可可得意地回答。

「哇！那等於是好幾枚銀皮爾了耶！」小巴吃驚地說：「沒想到你這麼有錢，分我一些！」

「不行！」洛可可閃過小巴伸過來的小手，「這可是我存了好久的零用錢耶！」

「小氣鬼……」撲了個空的小巴，哀怨地看著洛可可：「那等等買了彩虹泡泡糖，分我幾顆吧！」

「這有什麼問題，走吧！」洛可可把錢袋收進懷裡後，便與小巴一起走進市集。

人聲鼎沸的活力市集裡，販售著各式各樣的商品，從馱獸、武器、道具到食材，供應著所有怪獸村的日常所需；然而，若談到最受小怪獸們喜愛的商鋪，那就非「甜甜鄉」莫屬了。

甜甜鄉是怪獸村唯一一家販賣甜點與零食的商鋪。平時，只要洛可可有機會逛活力市集，就一定會在甜甜鄉外站上好一陣子；光是聞著店鋪裡散發出的甜甜香氣，就會感到幸福無比。洛可可與小巴在市集裡順著香氣的方向行走，果然從遠處就看到一群小怪獸流著口水，趴在櫥窗外，眼巴巴地盯著甜甜鄉裡的甜食與糖果。

「老闆，我要買彩虹泡泡糖！」洛可可走進甜甜鄉，神氣地把錢袋放在桌上。

「好，一包泡泡糖，三枚銅普拉。」老闆微笑著地對著洛可可伸出三隻手指。

「我要買三包，」洛可可一邊說，一邊數著手指頭，「這樣的話是……」

「九枚啦……」小巴說著，一邊幫著洛可可從錢袋中取出銅幣。

「對對對……」洛可可數了九枚銅幣，遞給老闆，接過泡泡糖後立刻拿出一顆嚼了起來，看著一旁露出羨慕神情的小巴，也拿了一顆給他，兩個人才滿意地走出甜甜鄉。

完成補貨任務後，洛可可與小巴漫無目的地閒逛，不時也會對著各商家展出的商品品頭論足一番，當走到市集邊緣的空地時，突然被一陣叫賣的吆喝聲吸引。

「來喔來喔！神奇的珍寶便宜賣，路過的朋友們快來看看呀！」

「嗯？那是什麼？」洛可可朝著叫賣的聲音看去，只見遠處一個體型瘦小，有著尖尖耳朵與鼻子的商人正在臨時搭起的攤前吆喝，他全身的暗紅色肌膚，跟怪獸村居民的灰色皮膚相比顯得相當格格不入。

「那是哥布林，算是地精的一個分支。」小巴一邊吹著彩虹泡泡，一邊跟洛可可解釋。

「地精明明是綠色的，他怎麼全身紅通通的？」洛可可疑惑地說。

「書上說過，他們的祖先是地精，但因為生性貪心，喜歡到處挖掘古墓尋寶，後來受到詛咒，皮膚才變成了這種顏色，」小巴繼續嚼著彩虹泡泡糖，「總之，他們是相對狡猾的種族，還是不要接近比較好。」

「小客人，你們運氣真好，竟然可以遇到偉大的流浪商人——崔紐特皮爾茲！我這裡可是擁有無數你們從未見過的奇珍異寶，錯過可惜喔！」崔紐特看到洛可可與小巴，連忙以怪腔怪調的怪獸語，殷勤地呼喚著。

「不用了，謝謝。」小巴頭也不回，轉身就要拉著洛可可離開，但洛可可卻站在原地，一動不動。

「難得有流浪商人來怪獸村，我們去看看好不好？」洛可可看了一下崔紐特身後的箱子，似乎有點猶豫。

「小客人還是你聰明，看看而已，又不用花錢，喜歡再買就好，我這裡可是什麼寶貝都有呢！」崔紐特閃爍著狡獪的眼神說道。

「小巴我們就去看一下吧，不喜歡馬上走！」洛可可露出懇求的表情。

「唉……」拗不過洛可可，小巴無奈地搖了搖頭：「就一下喔！情況不對我們就立刻離開。」

「耶！」興奮的洛可可拉著小巴，往崔紐特的攤位跑去。

Chapter 22 火焰匕首

活力市集的一角，洛可可與小巴正在流浪商人——崔紐特皮爾茲的攤前，掃視著琳瑯滿目的商品。

「小客人，你們想要找什麼？武器？道具？」崔紐特熱情地招待著。

「我們只是隨便看看。」相較於眼睛瞪得大大的洛可可，小巴倒是顯得謹慎許多。

「沒問題，想看什麼跟我說，從銀冷草到龍草，從溶石粉到漂浮粉，偉大的崔紐特皮爾茲都有賣！」崔紐特搓著雙手，得意地說。

「那些我們還用不到。」洛可可一邊說，一邊拿起一支勾爪。

「哥布林勾爪，野外冒險跟攀岩的好夥伴，經久耐用！」崔紐特介紹，但洛可可搖了搖頭，放回原位，看向一旁的盾牌。

「半獸人塔盾，外框是用座狼骨頭提煉出來的，堅硬無比，可以抵擋任何衝擊。」

崔紐特仍然滔滔不絕地推銷。

「太重了，還有沒有別的？」洛可可試拿了一下塔盾，便不感興趣地放下。

「當然還有，精靈族的瞄準鏡，這瞄準鏡可神奇了，只要裝在弓上，就能……」

「放大目標，這個我們已經知道了，但如果射不準，看得清楚也沒用。」崔紐特說到一半，小巴便接過他的話頭。

「小客人眼光很高呀……那你們慢慢看，慢慢挑。」崔紐特說完，便笑盈盈地坐回座椅，一邊打量著兩個小怪獸。

「嗯？這是什麼？」挑選了一陣子，洛可可從桌上翻出一把匕首，遞給崔紐特。

「這可是寶貝呀！」崔紐特接過匕首，解釋道：「帶有火焰屬性的匕首，是野獸或是植物系魔物的剋星喔！」

「可是它看起來很普通，跟一般匕首沒兩樣啊。」洛可可又把匕首拿過來仔細端詳。

「刀身雖然看起來不特別，但你看看它握柄上的紋路，」崔紐特指著握柄上一條細紋說：「這是精靈刻下的痕跡，代表焰之祝福。」

「騙人，這看起來一點都不像是精靈族的符文。」興致缺缺的洛可可把匕首還給崔紐特。

「好吧，看來我得為您示範一下，」崔紐特雙手握住匕首，示意洛可可跟小巴後退：「喝呀！」

隨著崔紐特的大喝，手中的匕首突然發出耀眼的光芒，原本平凡無奇的刀身也冒出令人咋舌的火光，洛可可與小巴嚇了一跳，又退後了幾步。

「這把火焰匕首，雖然看起來平凡，但只要雙手用力握緊，將意念灌注進去，就能激發它蘊含的火焰屬性。」崔紐特鬆手後，原本冒著火光的匕首，瞬間又恢復成平時的模樣。

「我要買！」洛可可撲了上來，接過火焰匕首。

「等一下！」小巴勸阻著，似乎還不能完全相信剛才所見的一幕。

「還等什麼？有了這把匕首，我就可以施展出『洛可可火焰X斬』了耶！」沖昏頭的洛可可興奮地說。

「我可以試試看嗎？」小巴從洛可可手上搶過匕首，有些懷疑地詢問崔紐特。

「當然可以，」崔紐特毫不猶豫地回答：「但請小心試用，不要被燒傷了喔！」

小巴學著崔紐特剛剛的姿勢，雙手用力抓住握柄，瞬間匕首的刀身再次冒出火光。

「好了好了，」崔紐特連忙把匕首拿回來，「通常我是不讓客人試用的，畢竟這可不是玩具呀！但看你們好像是很厲害的小勇士，這才破例一次。」

「為什麼感覺我的火光比你示範時小？」小巴不解地問。

「這把匕首會跟使用者產生共鳴，你的力量比我小，自然發揮出來的效果也會差一點，」崔紐特把匕首收回，一邊解釋著：「隨著你們成長，威力也會逐漸增加。」

「看來我就是最適合使用這把匕首的小勇士了，」一旁的洛可可已經掏出錢袋：「多少錢？」

「小客人好眼光！」崔紐特露出狡獪的笑臉，伸出一根紅通通的手指。

「一枚銀皮爾？」洛可可看著崔紐特，又轉向小巴。

「等於十枚銅普拉啦……」小巴搖了搖頭，「你是不是都在算術課的時候打瞌睡啊？」

「反正你會幫我算嘛！」洛可可毫不在意，轉過頭對崔紐特說：「我買了！」

「唉呀，小客人您真是愛說笑呀！」崔紐特故作震驚地說：「這把火焰匕首溶入了火龍鱗片與精靈的祝福，還是由矮人鐵匠的工藝打造而成，可不是村裡尋常鐵匠鋪能找到的凡品呢！」

「我知道啊，所以呢？」洛可可不解地追問。

「所以，一枚金塔卡。」

雖然崔紐特依舊伸著一根手指，但洛可可突然感覺這根手指變大了不少……

Chapter 23 借錢

「一枚金塔卡！」崔紐特開出的價格嚇了洛可可一大跳。

「等於一百枚銅普拉……」洛可可還沒來得及回頭，小巴就已經計算出來。

「這……我們還只是小孩，怎麼可能有這麼多錢？」洛可可面露難色，畢竟他這輩子還沒有看過這麼高的金額。

「唉，那真是太可惜了，畢竟一分錢一分貨呀……」崔紐特一邊說，一邊收起火焰匕首，從桌上又翻出另外一把銀色的匕首，「還是小客人你要考慮其他的匕首？像這把祕銀匕首，做工精良，殺傷力也很驚人，而且只要三枚銀皮爾就好。」

「我想要火焰匕首，」看過火焰匕首的威能後，洛可可對於祕銀匕首一點兒興趣都沒有，「真的不能再便宜一些嗎？」

「那……你們的預算是多少呢？」崔紐特露出為難的表情。

「你到底有多少錢？」小巴把洛可可拉到一旁，低聲詢問。

「我數數看，」洛可可打開錢袋仔細確認，「十五……二十二……三十，唉，只有三十枚。」

「這樣至少能買祕銀匕首呀，那把火焰匕首不知道為什麼，我總覺得不太放心，別忘了哥布林是個狡猾的種族。」小巴勸著洛可可。

「不行啦……沒有火焰匕首，就不能施展『洛可可火焰X斬了』，」洛可可失望地說：「早知道就多存點錢，也不應該花九枚銅普拉買彩紅泡泡糖……」

「唉……彩虹泡泡糖的事情我也有份，如果你真的這麼想買，那我只好幫你了……」小巴嘆了一口氣，拿出一個乾癟癟的錢袋，倒出十枚銅普拉。

「我們身上加起來只有四十枚銅普拉而已……」小巴走向崔紐特，把錢幣全部放在桌上。

「這可不行呀……」崔紐特搖了搖頭，「老實跟你們說，這把火焰匕首，光本錢就要八枚銀皮爾了……你們算算也只有四枚……真的不考慮買祕銀匕首嗎？」

「如果你願意算便宜一點，我們可以存錢再來！」洛可可焦急地說。

「雖然我很想幫忙，但其實今天已經是我停留在怪獸村的最後一天，晚點就要前往其他村子了，」崔紐特露出遺憾的表情，開始收拾攤位，「這樣吧，下次見面時，如果這把匕首還沒賣出去，我就考慮便宜點賣給你們。」

「我知道了，等我們一下！」洛可可突然想到了什麼，拉著小巴就衝了出去。

崔紐特則是在攤位上大喊：「小客人，我可要開始收拾了，要趕快喔！」

洛可可牽著小巴，穿梭在擁擠的人群中，往市集中心的方向狂奔。

「洛可可，你到底要去哪裡啊？」被洛可可拖著的小巴，上氣不接下氣地喊著。

「崔紐特要離開了，我們要趕快！」洛可可沒有回頭，持續奔跑著。

「呼……呼……趕快做什麼？還有，我們要去哪裡啊？」小巴越聽越迷糊，但還是被洛可可拽著。

「借錢！」終於，洛可可停了下來，在客人絡繹不絕的肉骨之丘前，聽著熟悉的聲音從商鋪內傳來，露出了笑容。

「前腿肉！」**「砰！」**「頸肉！」**「砰！」**「腹肉！」**「砰！」**蓋比正在料理桌前，奮力地捶打著食材。

「蓋比，我就知道你在這邊。」洛可可調整了一下呼吸，對著蓋比朝手。

「洛可可，還有巴米爾，」蓋比停下手邊的工作，露出憨厚的笑容，「你們來逛市集嗎？要不要買火腿？很好吃唷！」

「改天吧，」洛可可焦急地說：「雖然有些不好意思，但我臨時需要一點錢，可以跟你借嗎？」

「借錢？」蓋比擦了一下額頭的汗水，露出疑惑的表情。

「對，我想買個東西，但快來不及了，你可以先借我一點錢嗎？我一定會還！」洛可可雙手合十。

「嗯，你想要借多少錢？」蓋比擦了擦手，轉身去拿自己的錢袋。

「四枚銀皮爾。」洛可可低著頭說。

「四枚銀皮爾？我要捶好多天的肉才有呢……」蓋比露出難色。

「我保證很快就會還你！真的！」洛可可焦急地看著蓋比。

「好吧，我相信你。」蓋比拿出四枚銀皮爾，不忘問道：「你要買什麼呢？」

「謝謝！等等你就知道了！」洛可可迫不及待地搶過四枚銀皮爾，頭也不回地往外跑去，留下愣在原地的小巴與蓋比。

「呵呵……我也有借他十枚銅普拉喔……」小巴尷尬地對著蓋比笑了一下。

Chapter 24 吹牛的騙子

活力市集邊緣的樹林，全身暗紅的崔紐特皮爾茲正在收拾行囊，準備前往下一個村落，但他似乎刻意地放慢整理的速度，狡獪的眼睛也不時望向方才洛可可離開的方向。

「喂！等等我！」遠處傳來洛可可的呼喊聲，崔紐特假裝沒注意，慢條斯理地收拾著道具。

「崔……崔紐特，我回來了！」氣喘吁吁的洛可可，雙手按在崔紐特攤位的桌前。

「唉呀，小客人你終於回來啦！」崔紐特擺出驚喜的表情，開心地看著洛可可。

「我籌好錢了，把火焰匕首賣給我吧！」洛可可一邊喘氣，一邊把錢幣嘩啦嘩啦地倒在桌上。

「好的，我這就來清點。」崔紐特瞇起眼睛，仔細地數起錢幣。

「三十九，四十，一共是四枚銀皮爾和四十枚銅普拉。」

「火焰匕首可以給我了吧！」洛可可伸手。

「這可不行呀……我剛才說過，這把火焰匕首光本錢就要八枚銀皮爾了，我只是個做小買賣的流浪商人，總得讓我有些利潤吧？」崔紐特為難地說。

「但我真的沒錢了，不能再便宜一點嗎？」洛可可焦急地幾乎要哭了出來。

「唉……好吧……」崔紐特嘆了口氣，「你身上還有什麼值錢的東西可以作為交換嗎？」

「這……我還有兩包沒有打開過的彩虹泡泡糖，」洛可可數了數手指頭，「價值六枚銅普拉。」

「小客人你實在是太會做生意了……好吧，就當是交個朋友，這些錢幣加上兩包彩虹泡泡糖，火焰匕首賣給你，不過你可不能跟別人說喔，否則大家都找我降價，我可就要破產了。」說完，崔紐特心疼地把火焰匕首包好，交到洛可可手上。

「放心！我不會說的！」洛可可興奮地接過火焰匕首，心滿意足地離開。

「好好珍惜，小心使用呀！」崔紐特對著洛可可的背影喊了一聲，便繼續埋頭整理行囊。

買到火焰匕首的洛可可，第一件事就是回到肉骨之丘，迫不及待地向蓋比展示匕首的威力。

「哇！真的有火焰！」看著火焰匕首在雙手緊握的洛可可手上冒出火花，蓋比吃驚地說道。

「我就說吧！讓你看看『洛可可火焰X斬』的厲害！」洛可可得意地朝著空中揮舞。

「高興歸高興，欠我的十枚銅普拉跟蓋比的四枚銀皮爾，要記得還喔！」小巴在旁邊提醒。

「嘖，知道啦！」洛可可繼續揮舞，不理會小巴潑來的冷水。

「真奇怪，為什麼我們觸發的火焰都比崔紐特小？」觀察了一陣子，小巴沉吟著。

「他說過了，只要我們的力量增加，就可以提升火焰的能量。」洛可可停下了動作，對小巴解釋道。

「那……蓋比，」小巴想了想，轉頭看向一旁的蓋比說：「你力氣最大，可以幫我們測試看看嗎？」

「真的可以嗎？」蓋比有點興奮地望向洛可可。

「當然可以，沒有你的幫忙，我也買不到這個寶貝，喏，」洛可可將匕首遞給蓋比，「像我剛剛那樣，雙手把力量灌注到握柄就可以了。」

「好，我來試試。」蓋比緊張地握住火焰匕首，用力一握，炫目的火光瞬間湧現刀身，冒出的火焰甚至比崔紐特示範時還要凶猛。

「哇！果然力量越大，火焰越強！」洛可可興奮地跳著，「蓋比，再用力一些！」

「好！」蓋比咬牙，繼續施加力道，匕首上的火焰也越發猛烈。

然而，正當三人興奮之時，握柄突然發出「喀擦」一聲，蓋比嚇得連忙鬆手，匕首掉到地上後，從那道崔紐特所說的精靈符文細紋開始，裂成兩半。

「我的火焰匕首！」洛可可焦急地大叫。

「我……我不是故意的……」蓋比低著頭，愧疚地說。

「洛可可，這個握柄好像本來就是兩片拼起來的，你看，」小巴靠近，指著剛好分成兩半的握柄，又看向握柄中散落出的黑色粉末，「咦？這是什麼？」

「好像是生火粉，」蓋比也靠了過來，「只要用力擠壓，就可以發出熱量跟火焰，通常是野外露營時生火用的，奇怪……這裡怎麼會有生火粉？」

「空心的握柄……裡面放著生火粉……灌注力量就會觸發火焰之力……呃……」小巴喃喃自語著，似乎想通了什麼，慢慢把頭轉向洛可可。

「看我做什……」洛可可似乎也從握柄斷開的驚嚇中慢慢恢復，突然大叫一聲：

「快去抓他！」

當發現真相的三隻小怪獸氣沖沖地跑回崔紐特的攤位時，這裡早已空無一人，連崔紐特的影子都沒看到。

「呼……呼……還是晚了一步……我們被騙了……」小巴一邊喘氣，一邊說著。

「可惡！什麼崔紐特皮爾茲，根本是個吹牛的騙子！」洛可可的大罵聲，在空蕩蕩的樹林裡迴盪著。

Chapter 25 艾爾農場打工記

位於怪獸村邊陲的山坡地，原本是片貧瘠的土地，但自從農場主艾爾巴隆在此進行開墾後，這片乏人問津的山坡地已經成為怪獸村中最大的農場，供應著村民各種農作物與牲畜；此時，在農場的馬廄裡，有個渾身髒亂的小怪獸，正摀著鼻子清理石頭馬的糞便。

時間回到三天前的勇士學園——

「什麼？你想來農場打工？」一如既往，穿著整齊乾淨的艾爾卡斯，疑惑地看著眼前的洛可可。

「對，因為某些原因，我欠了小巴跟蓋比一點錢，希望能盡快還給他們……」洛可可小聲地說：「所以我爸媽已經同意，放假時能讓我打工……」

其實，小巴與蓋比身為洛可可的好朋友，也參與了洛可可被騙走所有錢幣的過程，看到他悶悶不樂的樣子，並沒有催促洛可可還清借款；但朋友們越是表現得不在意，洛可可的愧疚感就越發沉重，這才有了去艾爾農場打工的想法。

「這樣呀……我明白了，」艾爾卡斯點著頭，微笑安慰著洛可可，「放心吧！我會問問父親，看看有沒有適合小怪獸的工作可以請你幫忙。」

就這樣，洛可可開始了假日在艾爾農場打工的生活。

「吃飯囉！」洛可可往飼料槽倒了菜根、麥子後，又捧了一桶細沙混合，這才呼喊著石頭馬群過來；石頭馬是埃塔芙隆大陸常見的物種，體型雖然跟一般的馬匹相似，但耐力卻強上數倍；牠們尤其喜歡吃混入細沙或碎石子的飼料，或許也正因為這樣，石頭馬的堅硬皮膚多為土黃色或灰色，連鬃毛也像尖刺般豎立著。

「不要搶，慢慢吃，大家都有。」洛可可拍著石頭馬的脖子。

「看來馬廄的工作你已經越來越熟練了。」農場主艾爾巴隆的聲音這時從外面傳來。

「艾爾先生好，」洛可可連忙起身，「謝謝您讓我來農場幫忙。」

「別客氣，我和你爸爸是舊識，也是生意上的夥伴，你的事情我都聽他說過了。」

艾爾先生笑盈盈說著，幫洛可可攪拌著飼料槽，絲毫不在意塵土沾染身上的衣服。

「都怪我自己，被那個騙子給唬得團團轉，還被爸爸媽媽教訓了一頓……」洛可可忿忿不平地說：「下次再讓我遇到，一定要狠狠地教訓他！」

「呵呵，要我說，你還算是幸運的呢！」艾爾先生放下手邊的工作，若有深意地看著洛可可。

「幸運？我的零用錢全部被騙光，還欠了朋友五十枚銅普拉耶！哪裡幸運了？」洛可可氣得漲紅小臉。

「你該慶幸，被騙走的金額還不算大，至少努力工作一陣子就可以賺回來，而且有了這次的經驗，以後遇到類似的狀況，相信你就不會再犯相同的錯誤了。」艾爾先生拍了拍專心進食的石頭馬。

「是沒錯……」洛可可低著頭說：「我不會再輕易相信陌生人說的話了。」

「所以，這次的損失就當作是花錢買了一個寶貴的經驗吧！」艾爾先生從懷裡取出五枚銅普拉，「喏，這是你今天努力勞動所賺取的酬勞，要珍惜喔！」

「謝謝艾爾先生，」洛可可開心地接過銅幣，「我收拾一下就回家。」

「很好，我還有別的事要忙，先離開囉。」艾爾先生走到馬廄門口，又轉身對洛可可說：「對了，艾爾卡斯正在採收一些蘑菇跟蔬菜，工作結束後記得帶一些回去跟家人分享吧！」

「好，艾爾先生再見！」洛可可道過謝後，再次看了看手中沉甸甸的銅幣，小心翼翼地放入錢袋後，開始進行收尾的工作。

Chapter 26 實戰訓練

「這是欠你的十枚銅普拉。」帳篷裡，洛可可拿著十枚銅幣，有點心疼地遞給小巴。

「只有十枚？借錢不是應該要多還一些利息嗎？」小巴接過銅幣，開玩笑地說。

「饒了我吧……這可是我辛辛苦苦打工賺來的錢啊……」洛可可一邊說著，一邊又拿出十枚銅幣交給蓋比，「蓋比，這是還你的十枚銅普拉，等於一枚銀皮爾，剩下的三枚銀皮爾，我會繼續打工，盡快還給你的，謝謝！」

「看來你的算術進步不少嘛，以後我不用幫你計算了。」蓋比點頭收下銅幣，小巴的玩笑話卻沒有停下。

「那還用說，」洛可可得意地抬高下巴，「這段時間我一直在賺錢數錢，現在這種簡單的算術已經難不倒我了。」

「好好好，希望你不要只顧著賺錢而荒廢了訓練，今天可要開始實戰練習了！」小巴笑著回應。

「哼哼，實戰我可是很有信心的，你還是多擔心自己吧！」洛可可不甘示弱地說。

下午，訓練場上，古厲丹教官在列隊整齊的小怪獸隊伍前宣布：「經過這段時間的訓練，各位在弓術與近戰的技巧上已經有明顯的成長，我們可以進行下一個階段的課程，也就是實戰訓練。」

「教官，」克魯莫舉手發問：「實戰訓練會不會受傷？」

「實戰訓練的過程的確有可能會受傷，因此，學院準備了木製的武器，請大家謹記，練習時盡量點到為止，減少受傷的可能性。」古厲丹教官說完，朝著看守武器庫的兩名高年級小怪獸招了招手，兩名小怪獸便推著一輛裝滿木製武器的推車過來，其他小怪獸也圍上前，開始挑選自己的武器。

「小巴，我們等下來對練一場吧！」洛可可拿起一把木劍，再從推車裡取出兩把木製小刀掛在腰間，笑著對小巴說。

「不要，」小巴一邊挑選短劍，一邊指著旁邊的克魯莫，「我跟克魯莫已經約好要一組了。」

「你跟克魯莫個子都這麼小，是要扮家家酒嗎？」洛可可開玩笑地說。

「你只是認為你的力氣比較大，才故意找我們練習的吧？」這時，克魯莫在一旁說道：「不然，你去找蓋比對打啊。」

「嗯……」洛可可看向遠處正拿著一支木槌揮舞的蓋比，搖了搖頭說：「還是先不要好了……」。

看著大家都陸續找到練習對象，洛可可的選擇似乎越來越少，這時，一個活潑的女孩聲音傳了過來：「洛可可，你跟我一組吧！」

洛可可轉身，看著眼前綁著俐落辮子的女孩，「原來是蘿拉啊，算了吧，我可不想欺負女生。」

蘿拉瑞爾旋轉著手上的木劍，擺出戰鬥的動作，「女生又怎麼了？我也是小勇士呀！難道說，你怕被女生打敗，所以不敢跟我一組？」

「怎麼可能？打就打，不過妳等等可不要哭喔！」受到刺激的洛可可，配戴好臂盾，也學蘿拉轉動一下手上的木劍。

當大家都找到對手後，第一次實戰訓練就此展開；雖然大部分的小怪獸都沒有戰鬥經驗，但他們很快就意識到實際戰鬥與平常攻擊生命木樁的練習完全不同；然而，在練習過程中，也能看到一些偷懶的小怪獸，比如小巴與克魯莫。

「哈哈……左右左，換你。」小巴慢慢地揮著木劍，按照事先說好的方向進行攻擊，克魯莫則輕鬆地用木劍或是臂盾擋開攻勢。

「換我，右左右！」這邊，輪到克魯莫輕輕地對著小巴揮劍，但小巴卻連擋都不擋，直接避開克魯莫緩慢的攻擊。

「哈！實戰練習比砍木樁輕鬆多了呢！」小巴一邊扭著身體閃避，一邊還跟克魯莫聊著。

「對啊，砍木樁手痛死了，還是砍空氣比較好。」克魯莫也笑著回答。

「呵呵……」有個聲音打斷了兩人的練習：「你們好像玩得很開心啊，不如讓我加入吧？」

「好啊，但你要先等我……」小巴轉過頭，發現說話的人是古厲丹教官，原本沒說完的話只好硬生生吞到肚子裡。

「這是實戰訓練，你們以為是跳舞嗎？」古厲丹教官露出醜陋的笑臉，盯著小巴和克魯莫。

「沒……沒有！」小巴緊張地說：「我們只是先習慣一下，等會兒就會加快速度了。」

「沒有最好，」古厲丹教官沉下臉來，揚起下巴指了指另一個方向，「你們看看人家是怎麼訓練的。」

「唉呦！」兩人望過去時，正好看到蘿拉從上方劈下一劍，洛可可迅速地用臂盾格擋後，還來不及反應，便被蘿拉一腳踢倒在地。

「哪有用腳的？不算不算！」洛可可坐在地上，臉上露出一絲不滿。

「戰鬥時，本來就可以用腳。」蘿拉得意地看著洛可可，「大方承認輸給女孩子有這麼困難嗎？」

「哼，剛才只不過是暖身而已，我現在可要認真囉！」洛可可站起來，拍了拍屁股的灰塵，重新舉起短劍。

Chapter 27 平手

訓練場上，小怪獸們正進行著兩兩一組的實戰訓練。洛可可從地上爬起，重新擺出戰鬥姿勢。

「哼，剛才只不過是暖身而已，我現在可要認真囉！」洛可可說著，提著木劍朝蘿拉刺去，蘿拉往旁邊一跳，閃過攻擊，同時往洛可可的側身揮出一劍，「喀噠」一聲，洛可可舉起臂盾，成功擋住這一擊，隨後退了幾步，拉開距離。

「你反應蠻快的嘛！」蘿拉轉著木劍，注視著洛可可。

「妳也不慢呀，之前是我小看妳了。」洛可可笑著，再次衝向蘿拉。

「看看他們，這才叫做實戰訓練。」古厲丹教官對著觀戰的小巴與克魯莫說。

洛可可與蘿拉持續戰鬥著，相比之下，洛可可主動進攻的次數較多，而蘿拉大多時間都處於閃避或格擋的狀態，但也時不時地針對洛可可攻擊落空的瞬間進行反擊，逼得洛可可必須防禦或是退開，一時之間竟難以分出誰勝誰負。這時，洛可可向前斜砍一劍，蘿拉後退一小步避開攻擊，隨即高舉短劍，洛可可則下意識地舉起臂盾防禦。

「你又中計了！」蘿拉喊著，但手中高舉的木劍卻沒有揮下，反而伸腿踢向洛可可；就在眾人以為洛可可又要敗在同樣的招數時，卻看到洛可可不假思索地拋掉木劍，以雙手緊緊抓住蘿拉的腳，向上一抬，順勢將她摔倒。

「呼……呼……那實戰訓練中，也可以用摔的吧？」洛可可喘著氣，拿出腰間的木製短刀，指向蘿拉。

「……嗯，這次是我輸了。」蘿拉沉默了幾秒，點頭認輸。

「呃……沒有啦，」看到蘿拉這麼坦然地面對失敗，洛可可反而有些措手不及，連忙將她扶了起來，「算平手好了，其實剛才妳也贏了我一次。」

「好吧，那就算平手。」蘿拉也拍了拍身上的灰塵，對洛可可笑了一下。

「兩位都表現得很不錯，稍事休息吧！」古厲丹教官笑著走來，示意兩人到場邊休息，又轉頭瞪了小巴跟克魯莫一眼，兩個小怪獸心虛地低下頭。

這時，實戰訓練已經陸續結束，場上慢慢地只剩下艾爾卡斯跟蓋比仍在對戰，大家的目光也都聚焦在他們身上；儘管使用木劍的艾爾卡斯行動靈巧，但在蓋比壓倒性的力量之下，也只能勉強支撐。

「蓋比的力氣真是驚人，如果我對上他，恐怕一槌就會被打飛了吧……」克魯莫一邊觀戰，一邊小聲地跟小巴說。

「我倒是覺得，」洛可可突然擠了過來，語帶調侃地說道：「蓋比一槌就可以把你們這兩個偷懶的小怪獸一起打飛。」

「還敢說我們，是誰剛才被蘿拉踢得哇哇叫啊？」小巴笑著回應。

「蘿拉是個厲害的小勇士呢，」洛可可不以為意地說：「不然下次換你跟她一組？」

「算了吧，我還是跟克魯莫一組就好。」小巴連忙搖頭。

「雖然知道蓋比力氣很大，但沒想到他的實戰表現也這麼出色……看來他應該是我們之中最厲害的小勇士吧？」克魯莫仍然目不轉睛地盯著場上。

「不不不，最厲害的小勇士是我。」洛可可不服氣地說。

「可是你連蘿拉都打不贏。」小巴對洛可可的話表示懷疑。

「那是我一開始小看她了，後來我不是贏了嗎？」洛可可挺起胸膛，「看來我得跟蓋比挑戰，才能證明誰是最厲害的小勇士。」

就在三人討論的時候，蓋比跟艾爾卡斯的戰鬥已經進入尾聲，艾爾卡斯奮力揮出一劍，但蓋比一甩臂盾，便將木劍彈開，同時伸出木槌，往艾爾卡斯的胸口輕輕一頂，便讓他失去平衡，跌倒在地。

「我認輸了。」艾爾卡斯坐在地上，對著蓋比喊道。

「你有沒有受傷？」蓋比放下木槌，走過來關心著艾爾卡斯。

「受傷倒是沒有，不過手已經麻掉了，」艾爾卡斯起身，拍著蓋比結實的手臂，「你的力氣還真大……」

「沒有啦……你也很厲害啊。」蓋比不好意思地抓抓頭。

訓練場突然迎來了熱烈的掌聲，原來是觀戰的小怪獸們為兩人的出色表現而喝采，洛可可也在其中，興奮地拍著手，眼中閃耀著光芒，暗下決心：「下次，我也要和蓋比來一場實戰對決！」

Chapter 28 對戰蓋比

經過這次的實戰訓練，古厲丹教官並沒有立刻再次安排對戰課程，而是讓小怪獸們持續加強著擊打生命木椿跟弓術的練習；按照教官的說法，實戰訓練的主要目的是為了讓小怪獸們從中意識自己的不足之處，再加以磨練進步，並不需要太過密集的對戰安排。然而，這卻讓一心想跟蓋比挑戰的洛可可十分焦躁；因此，在十幾天過後，當教官宣布要進行第二次實戰訓練時，洛可可開心地從座位上跳了起來。

「蓋比，下午的訓練我要跟你一組，不可以找別人喔！」午餐時間，洛可可興奮地坐到蓋比旁邊。

「喔……好的。」蓋比點了點頭。

「你放心，沒有小怪獸會主動挑戰蓋比的，」小巴也端著餐盤，來到兩人身旁，「我實在搞不懂，你為什麼這麼想輸呢？」

「誰輸還不知道呢，」洛可可反駁：「我會證明給大家看，誰才是最厲害的小勇士。」

「什麼最厲害的小勇士，跟我有關係嗎？」蓋比一頭霧水。

「不管啦！反正下午我們一組，打敗你，我就是最厲害的小勇士！」洛可可咬了一大口肉丸子，一邊用袖子擦嘴，一邊對著蓋比說道。

下午，在訓練場上，洛可可舉著木劍，手臂裝備臂盾，腰間還插著兩把小木刀，威風凜凜地站著；而另一邊的蓋比，除了臂盾外，手上則握著一把木槌。

「我等這個機會好久了，」洛可可伸展了一下脖子說：「讓我們決鬥吧！」

「不是決鬥，只是練習而已啦……」面對異常亢奮的洛可可，蓋比顯得有些緊張。

「好，大家記得練習時要點到為止，避免受傷，訓練開始！」隨著古厲丹教官一聲令下，小怪獸們各自擺出戰鬥姿勢，開始練習。

「喝！」教官話剛講完的一瞬間，洛可可便衝向蓋比，率先劈下一劍，蓋比舉起臂盾擋住後，輕輕揮出一槌，洛可可則往一旁閃開。

「喂！蓋比，不可以放水！」洛可可大喊。

「可是……教官說點到為止就好……」蓋比有點手足無措，但話還沒說完，洛可可再次衝了上來，狠狠砍出三劍。

「你再不認真，就要吃苦頭了喔！」蓋比被逼得接連後退，不得不輪流用臂盾跟木槌擋住攻擊。

「好機會！」就在蓋比舉起臂盾擋下洛可可攻擊的瞬間，洛可可左手從腰間抽出一把小木刀，劃過蓋比的肚子，蓋比忍著疼痛，右手舉起木槌，往洛可可的身體橫掃而去；只聽見「**砰**」一聲，洛可可的身影便彈飛了出去。

「嗚……好大的力氣。」洛可可踉蹌爬起，甩了甩有些發麻的左手，原來剛才在木槌即將砸到身體的瞬間，他及時舉起臂盾進行防禦，才避免受創。

「你沒事吧？」蓋比一邊摸著肚子，一邊關切地詢問洛可可。

「沒事沒事，」洛可可重新擺出戰鬥姿勢，「這才對嘛，讓我們好好打一場！」

此時，雖然分組訓練還在進行，但不論是訓練場上，還是看守在武器庫的小怪獸們，都已經把注意力放在蓋比跟洛可可身上；急於表現的洛可可憑藉著速度優勢，不斷主動進攻，但每次都被蓋比的木槌給震退，戰鬥就這樣持續著，直到古厲丹教官舉手，喊出了休息的指示。

「呼……可惡……」筋疲力盡的洛可可直接在練習場躺下，「這樣還打不過你。」

「呼……」對面的蓋比雖然站著，但也喘著粗氣回應著：「你真厲害，我好久沒這麼累了，等下可以換組了嗎？」

「這怎麼行？勝負還沒有分出來。」洛可可堅持著，「我要打敗你，成為最厲害的小勇士。」

「奇怪，最厲害的小勇士跟我有什麼關係……不管了，我要去休息……」蓋比搖了搖頭，逕自往樹蔭走去。

「痛死了……到底該怎麼做才能打贏他呢？」閉上雙眼的洛可可躺在地上喃喃自語，揉捏著腫脹的左手臂。既使配戴著臂盾，但每次防禦時，槌子恐怖的破壞力還是會透過臂盾，造成衝擊。

「嘿，你再用這種方式戰鬥，自己會先受傷的喔！」一個聲音突兀地從耳邊傳來，洛可可睜開雙眼，一條紅色的狼牙吊飾映入眼簾。

Chapter 29 阿薩

「嘿，你再用這種方式戰鬥，自己會先受傷的喔！」

當洛可可睜開雙眼時，首先映入眼簾的，是一條紅色的狼牙吊飾，再仔細一看，原來是那名擔任守衛的小怪獸，正低著頭對他說話。

「你在說什麼？」洛可可爬了起來，不解地問道。

「那個拿槌子的小怪獸力氣可不小呢，」小怪獸指了指遠處正坐在樹蔭下擦汗的蓋比，繼續說：「光是防禦，手臂就得承受相當大的負擔吧？」

「不用你說，」洛可可抬起腫脹的左手說：「你看，我的手都腫成這樣了。」

「所以囉，像你這種沒頭沒腦的戰鬥方式，還沒取得勝利，自己就先累倒了。」小怪獸微笑著看向洛可可。

「那你有什麼好辦法可以贏嗎？」洛可可不服氣地盯著對方。

「只要每天不斷鍛鍊，增強力量，總有一天能打贏。」小怪獸輕描淡寫地說著。

「這算什麼方法啊，我是要馬上打贏啦……」洛可可嘆了一口氣。

「哈，這也不是不可能。」小怪獸打了個呵欠，接著說：「既然只憑藉防禦沒辦法取得勝利，又會耗盡體力，那乾脆試試放棄防守。」

「放棄防守？」洛可可愣了一下，似乎領悟到什麼，向小怪獸點了點頭，「我好像懂了，謝謝，我叫洛可可，你叫什麼名字？」

「喂！阿薩！」古厲丹教官的聲音傳來，「回去你的看守崗位，不要偷懶！」

「唉呀，被發現了……」阿薩吐了吐舌頭，轉身向武器庫跑去，臨走前還不忘對洛可可說：「好好加油吧！」

休息結束，緊接著進入第二輪的實戰訓練，在眾人的注視下，洛可可再次走向蓋比。

「蓋比，繼續吧！」洛可可似乎恢復了活力，興致勃勃地將蓋比拉起來。

「唉呦……我不想跟你打了……」蓋比一臉不情願，但還是站了起來。

「快點啦，只要你認真對決，分出勝負後我就不再煩你。」洛可可走到訓練場，面對蓋比。

「真的嗎？那我可要好好表現囉！」聽到洛可可這麼說，蓋比再次握緊木槌。

「我說話算數，來吧！」洛可可一邊說著，一邊把木劍和臂盾丟到地上，抽出腰間的兩把小木刀，面對蓋比。

「嗯？」看著手持雙刀的洛可可，蓋比有些猶豫地開口：「你打算就這樣和我戰鬥嗎？」

「沒錯，就這樣！」洛可可手握雙刀，毫不猶豫地衝了上來。

跟第一次實戰訓練相同，洛可可依舊採取主動進攻的策略，但這次，在拋棄木劍與盾牌後，他的速度跟靈活度提升了不少，而且在面對蓋比的攻擊時，也不再試圖強行抵擋，而是用閃躲或翻滾的方式來避開。

兩個小怪獸的比試，再次引起眾人的關注，包括古厲丹教官以及站在遠處的阿薩。

「阿薩，你剛才教了他什麼？」古厲丹教官走到阿薩身旁，一邊觀察著戰鬥，一邊詢問道。

「沒有啊，我只是跟他說『試試放棄防守』。」阿薩扭了扭脖子，回答教官。

「嗯……專注於速度，確實更有勝算。」古厲丹教官自語道。

「砰！」「轟！」「砰！」的聲音持續響徹著，蓋比每次的攻擊都在地上留下一個個小坑洞，但始終無法擊中洛可可。

「呼……呼……」蓋比喘著粗氣，盯著眼前的洛可可，「奇怪？為什麼打不到你？」

「因為我閃得快啊，嘿！來一決勝負吧！」洛可可雖然也喘著氣，但看起來狀況比蓋比要好得多，他說完話，再次全速衝向蓋比。

「這次你閃不過了！」蓋比張開雙腿，雙手緊握木槌，一道水平方向的曲線，朝洛可可直撲而來。

「小心！」場邊觀戰的小巴大喊，一些小怪獸甚至嚇得摀住眼睛。

就在大家認定洛可可將被擊中時，奔跑中的洛可可突然壓低身體，以滑行的姿態閃過攻擊，並維持這個姿勢，直接穿過蓋比的雙腿，蓋比還來不及反應，背上便感到兩道交織成「X」的灼熱感。

「嗚……好痛……」蓋比拋下木槌，蹲下身揉著後背。

「抱歉抱歉，我沒控制好力道！」看到蓋比受傷，洛可可也急忙丟下武器，上前攙扶。

「夠了，勝負已分！」古厲丹教官大聲宣布後，隨即來到兩人身邊，對洛可可說：「快跟我帶他去帳篷治療。」

Chapter 30 銀冷草

早晨，伊恩校長如往常一樣站在學園門口迎接著入園的小勇士，開始新一天的課程。在帳篷內，洛可可已經坐在位子上翻弄著儲物袋，還不時地望向帳篷外，似乎在等待著什麼。

「怎麼還不來呢……」洛可可從儲物袋中拿出一個小瓶子，再次向外望去。

「你在看什麼？」小巴靠近洛可可，好奇地問道。

「蓋比呀……」洛可可嘆了口氣，接著說：「昨天的實戰訓練，我一時太激動，沒控制好力道，可能弄傷他了。」

「對啊，」小巴好像突然想起什麼，「昨天練習結束後，古厲丹教官就讓我們回家了，你們還帶蓋比去治療帳篷對吧？希望他沒事！」

「應該是不會有什麼大問題……」洛可可懊悔地說：「但如果當時我沒有沖昏頭，

就不會害他受傷了……」

「早安。」這時，蓋比終於進入帳篷，走到自己的座位，扶著背，緩緩坐了下來。

「蓋比……」洛可可走到蓋比身邊，輕聲關心著：「對不起，昨天把你打傷了，背還好嗎？」

「沒關係啦，」蓋比對洛可可笑了笑，「你昨天已經道歉了嘛，這點小傷我休息個幾天就好了，別擔心。」

「不管怎麼說，我還是很抱歉……」洛可可拿出小瓶子，遞給蓋比，「這是我家僅剩的最後一點冷銀藥膏，雖然不是很多，但你拿去用吧！對傷口的復原很有幫助喔！」

「那我就不客氣了。」蓋比接過小瓶，挖出一小坨藥膏抹在自己的後背，頓時感到一股冰涼籠罩在傷口上，「真的舒服多了，謝謝你。」

「不客氣，盡量用！」洛可可鬆了口氣，開心地說：「希望你早日康復！」

「各位學員，開始上課了。」捧著草藥學課本的達辛妮教官走進帳篷。

「欸……小巴。」洛可可壓低聲音，叫著小巴。

「專心上課啦，不然等等又要罰站了。」小巴轉過頭，提醒洛可可。

「今天放學後，陪我去後山好不好？」洛可可沒有理會小巴的提醒，繼續問道。

「後山？要做什麼？」小巴好奇地問。

「我想摘些銀冷草，做點冷銀藥膏給蓋比。」洛可可小聲地說。

「可是我想回家睡覺耶……」小巴興致缺缺地回答。

「一起去嘛，你可以順便認識一下我的夥伴們喔！」洛可可不放棄，持續慫恿著小巴。

「那邊兩個！」達辛妮教官把書寫筆丟了過來，「開始上課了，不准交談！」

傍晚，洛可可拉著小巴走到溪邊，正準備渡過溪水進入後山時，引起了戲水的小怪獸們的注意。

「你們看，是洛可可耶！」第一個發現洛可可的小怪獸，開心地往洛可可的方向跑來，其他小怪獸見狀，也跟了上來，把他們團團圍住。

「好久不見呀！」洛可可揉著第一個小怪獸的頭髮。

「你不是說去上學後還是會陪我們玩嗎？」旁邊另一個小怪獸詢問著洛可可。

「是呀，但平常我下課的時間，你們差不多也該回家了，」洛可可有點不好意思，藉機轉移了話題，指著旁邊的小巴說：「這是小巴哥哥，我的新朋友。」

「你們好呀，我是巴米爾。」雖然小巴的體形跟這些小怪獸接近，但還是有些得意地擺出了大哥哥的架勢。

「小巴哥哥好，」小怪獸們有禮貌地打著招呼，一邊問：「太陽就快要下山了，你們現在才來玩水嗎？」

「叫我小巴就可以了，」小巴回答：「我們不是來玩的喔，是要去後山摘一些銀冷草來製作藥膏。」

「我要去！」「我也要！」小怪獸們聽到，又興奮地圍了上來。

「不行啦！」洛可可連忙回答：「天色已經有點晚，你們該回家囉。」

看到小怪獸們一個個面露失望的表情，洛可可只好又說：「你們先聽話，等放假的時候，我就帶你們去後山探險！」

「嗯……好吧……這次不可以再騙我們喔！」雖然失望，但小怪獸們還是很聽洛可可這個孩子王的話。

「我不會說謊的，」洛可可笑著說：「這次放假，我們在溪邊集合！」

「好，那我們就先回去了，洛可可再見，小巴再見。」小怪獸們慢慢離開溪邊，走到遠處時，還不忘轉身對著他們揮手。

「要趕快回家喔！」洛可可一邊揮手，突然像是想到什麼，大喊道：「對了！勇士學園一點都不可怕，你們要趕快長大，一起來上課喔！」

「想不到你還有一群小跟班耶！」看著還在揮手的洛可可，小巴笑著說。

「對呀，他們都是我進學園前的好玩伴，」洛可可看了看夕陽，轉頭對小巴說：

「我們出發吧！得在太陽完全下山前，多摘些銀冷草！」

說完，兩個小怪獸便一起走入後山。

Chapter 31 閃光

黃昏時分，洛可可與小巴進入後山，展開尋找銀冷草的任務。銀冷草並不罕見，憑藉著在學園中習得的知識，他們往太陽照射不到的陰暗處進行搜尋，沒過多久，便發現了一株株微微發光的銀色藥草。

「哇哈哈，發現目標！」洛可可衝向這些銀色藥草，開始摘取，小巴也跟了上來。

「一株……兩株……五株……」小巴仔細檢查藥草後，再小心翼翼地收入儲物袋。

「大豐收！」洛可可則是大把大把地將銀色的藥草連根拔起，丟進自己的袋子。

「喂喂，小心一點啦……」看著動作粗魯，弄得塵土飛揚的洛可可，小巴皺起眉頭：「你怎麼不檢查就亂拔呀？」

「爭取時間嘛！越快拔完就能越快收工。」洛可可沒有抬頭，一邊回答，一邊仍拼命地摘取藥草。

「等一下，」小巴阻止洛可可，「你摘錯了！」

「什麼啊？」洛可可終於抬起頭，「趕快幫忙把這邊的銀冷草都摘起來吧！」

「唉呦，你摘的是銀葉草，不是銀冷草啦！」小巴搖搖頭說。

「銀葉草？」洛可可停下動作，疑惑地看著小巴。

「你的藥草學該不會也沒認真聽吧？」小巴嘆了口氣，拔起一片葉子，拿到洛可可眼前，「這是銀葉草，它的葉脈是銀色的，而且你聞，它沒有涼涼的味道。」

「嗯……好像真的沒有涼涼的氣味，」洛可可聞了聞，卻不在意地說：「沒關係啦，反正都是銀色的，效果應該差不多！」

「怎麼會差不多？」小巴拍著額頭，「銀冷草是作療傷藥膏的，至於銀葉草……」

「銀葉草的功效是什麼？」洛可可打斷小巴的話語問道。

「你咬一口看看。」小巴沒回答，而是把銀葉草遞給洛可可。

「哇！呸呸呸……」洛可可剛咬一口銀葉草，便將葉子吐了出來，「好苦喔！這到底是做什麼用的啊？」

「嘿嘿，這是做瀉藥的……」小巴狡猾地笑著，「如果你太多天沒有『嗯嗯』的話，就要喝銀葉草調製的藥水。」

「這麼苦……」洛可可吐了一口口水，表情難看地說：「我看我還是乖乖『嗯嗯』

吧……」

知道如何分辨銀葉草跟銀冷草後，洛可可與小巴繼續往山林的深處前進。

「太陽已經快要下山，這些數量應該足夠了。」小巴拍了拍已經裝滿半袋銀冷草的儲物袋，對洛可可說。

「我這邊也採集得差不多，可以準備收工了……等等！」洛可可突然指著前方。

不遠處有一個不算大的山洞，隱隱透著銀色的光芒，洛可可與小巴望向山洞，又彼此對看了一眼。

「不行。」沒等洛可可開口，小巴就否決了洛可可的想法。

「我什麼都還沒說耶！」洛可可不服氣地說。

「你一定是想進去摘銀冷草，」小巴指了指夕陽，「天色快要暗了，再晚我擔心野獸出來覓食，會發生危險。」

「一下子就好，」洛可可哀求著小巴，「去洞口附近摘一些就行了。」

「唉，好吧！」拗不過洛可可，小巴只好同意，「你先過去，我負責在旁邊警戒！」

在散發銀色光芒的山洞前，一個小怪獸正快速地採集藥草，另一個小怪獸則站在稍遠處觀望。

「小巴，你也來幫忙，」洛可可喊著小巴：「我確認過了，這邊都是銀冷草，不是銀葉草！」

「你快一點！」小巴沒有看洛可可，而是望向四方持續警戒。

「你一起幫忙，不就能早點回去了？」洛可可不死心地喊著。

「好啦，真的不能再拖了……」小巴聳了聳肩，往山洞方向走去。

「這就對了，團結力量大……」洛可可笑著。

「敵！」這時，一陣野獸的吼聲從山洞內部傳來，洛可可猛地轉身，盯著山洞深處，但除了微弱的銀色光芒外，所能看到的只有一片黑暗。

「快出來……」小巴停住腳步，小聲地呼喚著洛可可，洛可可對小巴點了點頭，面向漆黑的山洞，小步小步地向後退去。

只是，還沒等洛可可退出洞口，一道強烈的閃光便從山洞深處射出。

Chapter 32 閃眼小熊怪

原本伸手不見五指的山洞深處，突然發出了強烈的閃光。

「嗚哇！我的眼睛！」突如其來的閃光，照得洛可可短暫失明，慌忙轉身逃跑，卻不小心被洞口的石頭絆倒。

「小巴！我看不見了！」趴在地上的洛可可一邊緊張地大叫，一邊爬向洞口。

「快逃！」小巴的聲音由遠至近，隨後便伸出小手將洛可可拉起，往前方奔去。

「我看到了，那是隻小型的閃眼熊！」小巴拖著洛可可向前狂奔。

「慢一點！我看不清楚！」眼睛還沒恢復的洛可可，只能跌跌撞撞地跟著小巴。

「再慢我們就要變閃眼熊的晚餐了！」小巴說完後，隨即將注意力放在眼前的道路，沒有再發出聲音；了解嚴重性的洛可可也安靜地奔跑，沒過多久，兩個小怪獸便逃出後山的範圍，坐在溪邊喘氣。

「呼……我……就跟你說……呼……不要過去那個山洞……」小巴上氣不接下氣地跪在溪邊，他從來沒有跑得這麼快過。

「呼……呼……我只是……想摘銀冷草……誰知道裡面……會有閃眼小熊怪……」洛可可一邊喘氣，一邊揉著眼睛，直到視力慢慢恢復，才站了起來。

「早知道……呼……我就不會答應跟你來後山了……」小巴也站了起來，心臟還是砰砰跳個不停。

「不要這麼說嘛，」洛可可有些不好意思地搔搔頭，對著小巴說：「而且，我們接受了這麼長時間的訓練，只要聯手，要打敗小隻的閃眼熊應該也不難吧？」

「雖然不確定能不能打敗牠，」小巴估算了一下，「但如果你的眼睛沒有被干擾，光憑一隻閃眼小熊怪，的確是沒辦法吃了我們。」

「那就對了，這只是個小意外，」體力稍微恢復的洛可可，拍著鼓鼓的儲物袋說：「而且你看，這趟冒險是值得的，嘿嘿……滿滿的銀冷草呢！」

「這才不是什麼小意外，」小巴搖了搖頭，「你把達辛妮教官說過的話都忘光了嗎？我們應該要提早避免可能發生的危險才對。」

「你看，月亮已經出來了耶！」洛可可抬頭指著天邊緩慢升起的月亮，沒有理會小巴。

「不要轉移話題！」小巴有點生氣地說。

「好啦，對不起嘛！」洛可可吐了吐舌頭，笑著說：「今天謝謝你救了我，以後我會更小心，在冒險前也會做好充足的準備！」

「這還差不多！」小巴滿意地點了點頭，把自己蒐集的銀冷草遞給洛可可，「拿去吧，製作冷銀藥膏的任務，就交給你囉！我要回家了，明天見！」

「好，謝謝你呀，今天的任務圓滿成功！」洛可可把所有的銀冷草塞進儲物袋後，便跟小巴告別，踏上歸途。

當洛可可帶著滿滿的銀冷草抵達家門時，天色已幾近全黑，還沒進屋，就可以聞到裡頭傳出的食物香氣；洛可可輕輕推開家門，看著媽媽在廚房做飯的背影，躡手躡腳地上樓，準備回房。

「站住。」後方傳來媽媽的聲音，洛可可還沒踏上樓梯的腳停在半空中，慢慢地轉頭，看向媽媽。

「呃……媽媽，我回來了……」洛可可轉過身來，乾笑了一聲。

「今天怎麼這麼晚？」媽媽穿著圍裙，手拿鍋鏟，雙手交叉著打量著洛可可，「還弄得全身髒兮兮的，你又跑哪去了？」

「嗯……」眼看逃不過媽媽的法眼，洛可可只好把對戰訓練時打傷蓋比、以及跟小巴到後山摘取銀冷草的過程老老實實地交代，但省略了遇到閃眼熊的部分。

「真是的，如果你練習時小心一點，不就可以省去這些麻煩了？」媽媽嘆了一口氣，「先去洗澡，弄乾淨後再來吃飯。」

「好，我以後會注意的！」洛可可鬆了一口氣，連忙跑進浴室。

「嗯？這好像是銀冷草的味道。」這時爸爸從樓上走下來，往四周嗅了嗅，「媽媽妳打算拿銀冷草做什麼新菜色嗎？」

「是我摘回來要做冷銀藥膏的，」洛可可只好從浴室出來，把事情的經過再解釋一次，但同樣，他又省略掉閃眼小熊怪的部分。

「哈哈，我們的兒子真厲害，居然打贏肉骨之丘的那個小胖子呢！」爸爸聽完，居然得意地望向媽媽，洛可可也忍不住低頭偷笑。

「你們還笑！」媽媽瞪了爸爸跟洛可可，「對戰練習沒有控制好力道，害同學受傷，應該要接受處罰！」

「咳……對對對……」爸爸連忙收起笑容，擺出嚴肅的表情對洛可可說：「第一次犯錯姑且當做警告，下次如果你再打傷同學，爸爸就要處罰你囉！」

「這還差不多，」媽媽把最後一道菜端上桌，走回廚房，「我先收拾一下廚具，洛可可你快去洗澡。」

「洛可可……」爸爸拉住轉身的洛可可，「跟我說說，你怎麼打贏那個小胖子的？」

「人家叫蓋比，是我的好朋友，什麼小胖子啦。」洛可可笑著。

「你們還講！」聽到廚房傳出媽媽的聲音，爸爸跟洛可可有默契地對視了一下，一個走向餐桌，一個則用最快的速度跑進浴室。

Chapter 33 製作冷銀藥膏

晚餐過後，洛可可乖巧地幫忙收拾碗盤，爸爸則在大廳張羅製作冷銀藥膏的材料。

「蠟石……堅果油……還有月光茴香……」爸爸一邊看著桌上擺滿的瓶罐與器具，一邊喃喃自語。

「爸爸，材料都準備好了嗎？」洛可可收拾完廚房，端著一籃煮得軟爛的銀冷草走來。

「差不多囉！」爸爸指著桌上的小石臼，「來，你負責磨碎銀冷草，我來加熱其他材料，最後再進行混合就大功告成了。」

「好！」洛可可抓起一把銀冷草，放入石臼，拿起一塊石頭進行搗磨，突然又像是想到了什麼，叫住正把樹脂跟油瓶拿到廚房，準備加熱的爸爸：「對了，爸爸！」

「嗯？」爸爸捧著瓶罐停下腳步，看著洛可可。

「我平常可以配戴短劍在身上嗎？」洛可可抬頭問著爸爸。

「嗯……怪獸村的確是沒有禁止配戴武器，」爸爸想了一下說：「但你帶短劍在身上要做什麼呢？」

「遇到危險的時候，可以防身！」洛可可還是沒有說出遇見閃眼小熊怪的事情，只是找其他的理由輕輕帶過。

「我們怪獸村一片祥和，哪來的危險？」爸爸疑惑地說。

「雖然村子裡很安全，」洛可可繼續說：「但如果在野外遇到魔物，我就會需要武器保護自己跟同伴。」

「所以……」爸爸想了想，「你不會把短劍當作玩具吧？」

「保證不會！」洛可可真誠地看著爸爸。

「也不會拿短劍去欺負肉骨之丘的那個小胖子吧？」

「就說人家叫做蓋比了啦，」洛可可翻了翻白眼說：「我保證，配戴短劍只是為了保護自己跟夥伴，不會拿去亂玩或欺負朋友！」

「那好，爸爸相信你，我的短劍就掛在房間牆上，有空你再自己去拿吧！」爸爸說完，便帶著材料走進廚房，留下洛可可專心搗磨著銀冷草。

隔天，洛可可起了個大早，進入爸爸房間取走短劍，配戴在腰上，又在儲物袋裡放了幾瓶昨晚製作完成的冷銀藥膏後，便神氣地往勇士學園邁步而去。

一進到帳篷，洛可可大聲地跟同伴們問好，坐下後，便把好幾瓶冷銀藥膏從儲物袋拿了出來。

「嘿！看起來你已經完成冷銀藥膏了！」小巴從旁邊冒出來，拿起一瓶冷銀藥膏，朝著瓶口嗅了嗅那冰涼冷冽的氣味，頓時感覺精神為之一振。

「是呀！」洛可可開心地回應道，同時把小巴手上的那瓶藥膏推給了他，「這瓶就送你吧，畢竟是我們昨天一起冒險的收穫！」

「那我就不客氣囉，」小巴把藥膏收入懷裡，「昨天的冒險，現在回想起來還真是驚險……」

「對啊，不過以後就不用擔心了，」洛可可側過身，拍著腰上的短劍說：「從現在起，我會隨身攜帶武器。」

「雖然說小怪獸可以配戴武器……」小巴搖了搖頭，「但我還是希望以後不要遇到這種危險的事情了……」

「別這麼說嘛！為了以後的冒險，我看你最好也準備一把短劍在身上！」洛可可興致勃勃地說著。

「我還是算了……」小巴正想拒絕，突然看到蓋比走進帳篷，「你看，蓋比來了！」

「蓋比早啊！」洛可可捧著三瓶冷銀藥膏，走向蓋比，「你的背有好一點了嗎？」

「洛可可早安，」蓋比笑著回應：「已經好很多了喔。」

「太好了，這些給你。」洛可可把藥瓶倒在蓋比桌上。

「這些是？」蓋比嗅了嗅，「冷銀藥膏嗎？」

「是呀！」小巴也湊了上來，「這可是用我們昨天差點被吃掉才摘到的銀冷草製作而成的喔！」

「吃掉？被什麼吃掉？」蓋比似乎有點被嚇到。

「沒那麼嚴重啦，」洛可可拍了小巴一下，對蓋比說：「總之，為了表達我的歉意，昨天我們去後山摘了銀冷草，特地為你製作這些藥膏。」

「為什麼巴米爾說你們差一點被吃掉？」蓋比的表情仍然寫滿疑惑。

「沒事沒事，等你康復後，我們也一起去冒險吧！」洛可可連忙轉移話題。

「嗯……謝謝！」蓋比這次沒有猶豫，把藥膏收到袋子裡，「等我恢復，再一起去冒險！」

三個小怪獸相視而笑。

Chapter 34 再闖後山

「真的嗎？你們遇到了閃眼熊？」

「我只有在書上看過，牠的眼睛真的會發出亮光嗎？」

休息日的溪邊，五六個小怪獸正圍著三個較年長的小怪獸熱烈討論。而這三個小怪獸正是洛可可、小巴以及蓋比。

「不知道……我沒有一起去……」面對熱情的小怪獸們，蓋比有點不知所措。

「當然是真的啦！當時我跟小巴進入山洞，打算摘一些銀冷草，突然聽到一聲大吼，接著深處就射出一道閃光，還好我反應快，連忙擋住眼睛，再拉著小巴退出來……」洛可可滔滔不絕地講述著。

「嗯……怎麼跟我的記憶不太一樣？當時你不是大喊：『我看不到了！』唉呦……」小巴話還沒說完，就被洛可可踢了一腳。

「然後呢？然後呢？」小怪獸們沒有注意到小巴所說的，熱切地等待洛可可繼續講述冒險的經歷。

「後來，我就一手拉著小巴退出洞口、一手跟那隻閃眼熊進行戰鬥，」洛可可得意地撥了撥頭髮，「閃眼熊發現佔不了便宜，就退回洞裡，我們也順利取得銀冷草，還做了好多冷銀藥膏！」

「洛可可好厲害！」「你是最強的！」小怪獸們歡呼著。

「對呀，洛可可講故事的功力真厲害……」小巴翻著白眼，小聲說著，洛可可聽到，有點不好意思地吐了吐舌頭。

「我想看閃眼熊！」不知道哪一個小怪獸突然這樣說，接下來所有的小怪獸都簇擁著洛可可，「我們也想要去！」

「不……不行啦……」洛可可有點緊張地說：「你們年紀還小，去山洞太危險了……」

「我們不怕！」一個鼻子掛著鼻涕的小怪獸說：「就算閃眼熊攻擊，你也會保護我們啊！」

「你……你們人數太多了，我恐怕顧不來……」洛可可試圖找理由推拖。

「沒問題的，你不是很神勇嗎？」小巴在旁邊答腔，「我也想再看一次你跟閃眼熊戰鬥的英姿呢！」

禁不住小怪獸們的鼓噪，無奈的洛可可瞪了小巴一眼，嘆了一口氣說：「唉！好吧，我帶你們去後山，但是不能進入山洞，而且，一定要跟好我們三個喔！」

「三個？」蓋比歪著頭。

「就是你跟小巴啊！」洛可可拿出腰間的短劍，看著蓋比，「我們一起出來玩，總不能讓小朋友發生危險吧？只可惜你沒帶武器……」

「嗯……」蓋比想了想，從儲物袋裡拿出一隻比短劍稍短一些的小肉槌，「我是有隨身帶支小槌子在身上……」

「你……到底是多喜歡槌子呀……」洛可可愣了一下，接著說：「但這樣我就放心了，那頭閃眼小熊怪絕對不是我們的對手。」

就這樣，洛可可、小巴與蓋比，便領著小怪獸們一起往後山邁進。

由於出發時天色尚早，走進蒼鬱後山的一行人，隊伍前方由手持武器的洛可可與蓋比領隊，最後面則是由小巴負責確保小怪獸們沒有脫隊，一路走來不但沒有感受到危險的氣息，反而有種野外踏青的舒適感；加上這次入山並不需要花時間搜尋銀冷草，在走了半個多鐘頭後，閃眼小熊怪的洞窟便已出現在眼前。

「喏，你們看，」洛可可舉起短劍朝前方的洞口指了指，低聲地跟幼年小怪獸們解釋：「這裡就是住著閃眼熊的洞窟了。」

「看起來……好像安靜的有點可怕……」其中一個小怪獸縮著身子說。

「對呀，閃眼熊應該還在睡覺，走吧，我們回溪邊玩水囉。」洛可可順著這個小怪獸的話，準備帶領大家折返。

「不要，我還沒看到閃眼熊呢。」另一個膽子較大的小怪獸略感掃興地說著，並彎下身子。

「太危險了，我們還是趕快回去吧。」洛可可緊張地說，畢竟閃眼熊如果真的跑出來，他編造的故事恐怕就要破滅了。

「嘿呀！」突然，一顆小石頭從洛可可身邊飛出，洛可可轉頭，發現小怪獸們紛紛撿起地上的石頭往洞口丟去，試圖引出閃眼熊。

「嘿！不要胡鬧！」洛可可三人連忙阻止，但仍無法及時擋下所有石頭。

「出來！出來！」興奮的小怪獸們持續丟擲石頭，直到一聲「吼！」從洞口傳出，這才停下了動作。

「糟……糟糕，」洛可可跟蓋比轉向洞口，擺出戰鬥姿勢，小巴也立刻拉攏小怪獸們，並站在他們身前。

Chapter 34　再闖後山

「小心。」洛可可盯著前方，對著蓋比小聲說了一聲。

「嗯。」蓋比點頭，握緊手上的小肉槌。

「哇——」寧靜的山洞裡，再次傳出一陣尖銳的叫聲。

「來了！」洛可可原本要向前踏出的一步，突然停在空中。

「這……這隻好像不是閃眼熊……」蓋比也遲疑了一下。

從洞窟中連滾帶爬衝出來的，是一個體型嬌小，綠色皮膚的人形生物。

Chapter 35 小熊怪的戰鬥

後山的洞窟外，一群小怪獸直勾勾盯著從洞窟中跑出來的綠色生物。

「書上的閃眼熊好像不是長這樣……」其中一個小怪獸打破沉默。

「他應該是地精，」小巴仔細看了一下眼前戴著綠色尖帽、身穿獸皮背心與紅色褲子的生物：「不知道他來這裡做什麼？」

「嗚拉拉嘎嘎！」地精激動地跑到小怪獸們面前又叫又跳，指著洞口的方向。

「他好像很生氣？」蓋比看著地精，又轉頭看著洛可可跟小巴。

「嗚拉拉嘎嘎！嘎嘎！」地精拉著洛可可，指著洞口，擺出熊的姿勢。

「聽不懂啦……你在說什……」洛可可話還沒說完，洞窟再次傳來吼聲，這次的聲音距離小怪獸們更近了。

「糟糕，這次真的是閃眼熊！」小巴把地精拉到小怪獸群裡，洛可可跟蓋比則重新舉起武器，站在隊伍最前面。

「吼！」一聲音的主人終於出現在洞口，果然是一隻閃眼小熊怪，看起來睡眼惺忪，似乎因為被吵醒而生氣，正怒目瞪著洞外的小怪獸們。

洛可可跟蓋比兩人並肩而站，經過勇士學園的洗禮，面對第一次的戰鬥，他們並沒有想像中的慌張。

「小巴，小怪獸跟那隻地精交給你保護！」洛可可轉頭對著小巴大喊，就在這時，小熊怪已經迅速襲來。

「砰！」蓋比側身往前衝去，用肩膀跟小熊怪的身軀碰撞在一起，發出劇烈的聲響，雙方都被彼此的力量震退了一步，剛反應過來的洛可可連忙舉起短劍，往小熊怪砍去，在牠的手臂留下一道淺淺的傷口。

小熊怪看著自己的手臂，愣了一下，隨即表情變得更加憤怒，大吼一聲向洛可可撲來，洛可可準備格擋，卻被小熊怪眼睛發出的亮光給干擾；千鈞一髮之際，一顆石頭突然飛了過來，打中小熊怪的額頭；被中斷動作的小熊怪轉身，看到一個拿著彈弓的地精，正從小怪獸群中發射石頭。

「大家小心！」小巴這時雖然緊張，但仍然站到隊伍的前頭，張開雙手，準備抵擋雙眼冒出金光的小熊怪。

「嘎嘎！」地精持續撿起石頭發射，以阻擋閃眼熊的進逼，洛可可這時再次提起短劍，往閃眼熊的背後衝去，同時大喊：「蓋比！瞄準牠的肚子！」

「沒用！牠會擋住的！」蓋比雖然這麼說，但也從另一側向閃眼熊包夾而去。

「聽我的，我幫你製造機會！」在閃眼熊距離小巴不到十步距離時，洛可可終於趕到，縱身一跳：「接招，你這頭笨熊！」

閃眼熊發現時，洛可可已經在半空中，雙手舉劍奮力往下劈去，閃眼熊連忙大吼，再次從眼睛發出閃光，洛可可頓時失去視覺，從空中跌落。

正當大夥認為洛可可將遭受熊掌攻擊時，突然一聲大喝：「腹肉！」原來是蓋比利用閃眼熊把目光放在洛可可身上的空擋，用盡全力地往牠的肚子捶了下去。

「**碎！**」的一聲，閃眼熊被蓋比一槌敲翻，洛可可雖然跌到地上，但並沒有受到傷害。

「再來呀！」從地上爬起來的洛可可，瞇著眼睛，單手持劍，對著前方大喊。

「你對錯方向了啦……」聽見小巴的聲音，洛可可揉揉眼睛，看到模糊的小巴跟小怪獸們。

「牠已經夾著尾巴逃走了。」小巴看著閃眼熊狼狽逃回洞裡的身影，鬆了一口氣。

驚險的戰鬥結束，蓋比與洛可可回到隊伍，然而，地精卻依然不停地跳上跳下，口中喊著：「嘎嘎熊！嘎嘎熊！」

「呼……剛才謝謝你出手幫忙！」洛可可一邊喘氣，一邊對地精道謝。

「嘎嘎熊！嘎嘎熊！」地精仍然指著洞口，說著同樣的話。

「那個什麼嘎嘎熊已經被打跑了啦。」洛可可望向空蕩蕩的洞口，又回頭看著地精。

「嘎嘎熊!!」地精還是激動地說著，並將眾人往後推，洛可可無奈地看向小巴。

「唉……你會說通用語嗎？通—用—語？」小巴走近，試圖用簡單的通用語跟他溝通。

「嘎嘎熊！嘎嘎熊！」地精似乎聽不懂通用語，越來越用力地推著大家。

「沒辦法溝通……算了，」小巴搖了搖頭，對大家說：「還好你們都沒受傷，我們先一起離開這裡吧！」

「好！蓋比跟洛可可是英雄！」小怪獸們興奮的叫著，把洛可可跟蓋比當成了偶像。

「哼哼，知道我的厲害了吧！」洛可可得意地收起短劍，撥掉身上的灰塵說：「走吧，回溪邊！」

當小怪獸們準備離開時，一聲巨吼卻再次從洞窟傳出，這次的聲音似乎聽起來比之前更大。

「又……又來了……」蓋比再次拿出小肉槌，看向洞窟。

隨著「砰……砰……砰……砰……」的腳步聲，兩頭閃眼熊的身影漸漸浮現在洞口，一大一小，身形較小的閃眼熊，手臂上還留有一條淺淺的傷痕……

Chapter 36 閃眼熊的反擊

「小巴，你聽得懂閃眼熊語嗎？」面對兩頭面露凶光的閃眼熊，洛可可一邊退後，一邊緊張地問著小巴。

「牠們是野獸，哪會說什麼語言……」小巴伸出雙手，緩緩地推著小怪獸們後退，一邊沒好氣地說著。

「牠們看起來很生氣……小心。」蓋比把槌子握得緊緊的，發出嘎嘎的聲音。

「怎麼辦……有兩隻……」小怪獸們雖然在隊伍的最後面，但仍然顯得相當緊張。

「嗷……」體型較大的閃眼熊低吼，向小怪獸們進逼。

「怎……怎麼辦？」洛可可嚥了一口口水，冒著冷汗，試圖想出逃離難關的方式。

「你跟蓋比堅持一下，我去想辦法，」小巴說完，指著溪邊的方向，對小怪獸們說：「你們帶著地精，往這個方向跑，不要回頭，只要跑到溪邊就安全了。」說完沒等小怪獸們回答，便獨自往樹林深處跑去。

「他……他怎麼自己先跑了？」洛可可焦急地說。

「我相信巴米爾……」蓋比停下後退的腳步，站在隊伍前面。

「唉……好吧！」洛可可沒有辦法，只好也站在蓋比身旁，對小怪獸們喊道：「你們聽到小巴哥哥剛說的吧？趕快行動！」

小巴與小怪獸們陸續撤離後，山洞外再次安靜下來，體型碩大的閃眼熊逐漸進逼兩名小怪獸。

「肩膀肉！」在閃眼熊距離蓋比不到五步的距離時，蓋比主動展開攻擊，往閃眼熊的肩膀揮出一槌，洛可可見狀也連忙跟上。

「吼——」蓋比的攻擊被閃眼熊一掌揮開，另一隻手則把衝上來的洛可可推倒在地。

面對成年的閃眼熊，兩個小怪獸儘管再努力，卻依然無法取得上風，蓋比瘋狂揮舞著槌子，也只能稍微阻擋閃眼熊的攻勢，洛可可則是被打得東倒西歪，連短劍都握不住。

「呼……呼……」遍體鱗傷的洛可可跌坐在地，無力地說：「再這樣下去……我們真的會被吃掉……」

「呼……呼……再堅持一下，趕快起來！」喘著粗氣的蓋比，伸出手想將洛可可拉起。

但閃眼熊並不給兩人喘息的機會，「吼！」的一聲，大掌便往洛可可拍下，洛可可忍不住閉上眼睛，然而，想像中的疼痛感並沒有發生；睜開雙眼，發現蓋比正站在自己身前，兩隻手死命抵擋著閃眼熊的手臂。

「幫……忙……」閃眼熊的手臂這時已經壓在蓋比肩膀上，蓋比膝蓋微彎，不斷被往下壓，洛可可趕緊起身，合力幫著蓋比阻擋閃眼熊的手臂。

「都是我害的……」洛可可懊悔地說。

「吼……」閃眼熊持續加大力道，蓋比跟洛可可已經被壓制到半跪在地，更糟糕的是，兩人都注意到閃眼熊的眼睛開始發光。

「嘟——」危及之際，遠處突然傳來一陣微弱的聲音。

「那是什麼聲音？還是我的幻覺？」用盡所有力氣，勉強抵擋閃眼熊的洛可可說著。

「嘟嘟——」悠揚的聲音越來越近。

「不是幻覺……好像是笛聲……」滿頭大汗的蓋比一邊回答，一邊仍舉著微微顫抖的手臂支撐著。

「嘟嘟——嗚嗚——嘟——」雖著悠長的笛音接近，下壓的熊掌力道似乎慢慢減弱，最後停了下來。

跪在地上的洛可可跟蓋比，盯著神情恍惚的閃眼熊，慢慢地以匍匐的姿勢向後移動；奇妙的是，閃眼熊並沒有追來，而是愣在原地；就連洞口外的那隻閃眼小熊也似乎靜止了一般。

「小巴？」往後退的洛可可，順著笛聲方向望去，發現有個小怪獸躲在樹後，雙手正拉著一片樹葉，嘴唇輕抿吹奏著。

「那兩頭閃眼熊怎麼了？」蓋比也退到小巴身旁問道，但小巴仍然持續吹奏，沒有理會。

遠處的兩頭閃眼熊，原本兇惡的神情已經逐漸消失，洞口旁的小熊甚至還打了個哈欠，洛可可跟蓋比則是吃驚地看著這一幕。

「閃眼熊對聽覺很敏感，真的走投無路的話，只好想辦法唱歌或演奏樂器，用音樂放鬆牠的警戒，再伺機逃離……」

「我懂了！」洛可可精神一振，想起達辛妮教官曾在奇獸學課程說過的話，佩服地看著小巴。

「嗯？牠們好像要回去了？」不明所以的蓋比歪著頭，看著較大的閃眼熊抱起趴在地上快要睡著的閃眼小熊，轉身走回洞窟。

「呼……總算可以鬆一口氣……」直到兩頭閃眼熊的身影消失在山洞裡好久好久，小巴才放心地停止吹奏，跟劫後餘生的洛可可與蓋比一起躺下，在草地上稍作休息。

Chapter 37 小地精賀比

在兩頭閃眼熊退回山洞後，後山再次恢復寧靜，時不時還可以聽見遠處的鳥鳴，以及微風拂過樹林枝葉的簌簌聲；三個疲憊不堪的小怪獸躺在地上，動也不動。

「好像安全了。」休息片刻後，小巴率先爬了起來，

「呼……」渾身瘀青的洛可可跟蓋比也勉強站了起來，一邊揉著肩膀，一邊互相檢查對方的傷勢。

「幸好有趕上，否則你們的下場可就悽慘了。」小巴心有餘悸地對著兩人說。

「謝謝你，巴米爾。」蓋比對著小巴點頭，「但你怎麼知道樹葉笛的聲音對牠們有效？」

「其實我也是碰運氣的，」小巴有點心虛地說：「原本我打算回村請守衛支援，但算算時間，你們恐怕堅持不到那個時候，這才想起達辛妮教官說過的話，回頭尋找樹

葉，用吹奏樹葉笛的方式來吸引閃眼熊，還好有效。」

「巴米爾不會戰鬥，但很聰明呢！」蓋比露出憨厚的表情，擁抱小巴。

「亂說！我明明也會戰鬥，」小巴一邊笑，一邊掙脫蓋比的擁抱，「好了啦，我們快回溪邊會合吧！」

「好，回去吧。」蓋比將地上的槌子收進儲物袋，再把洛可可的短劍撿起，遞到他面前，然而，洛可可卻站在原地，沒有說話。

「洛可可，走吧。」蓋比把短劍塞到洛可可手上，但洛可可還是沉默以對。

「快點啊，你怎麼了？」小巴也察覺洛可可的異狀，小聲催促著。

「對不起……」洛可可低下頭，「都是因為我太愛吹牛，才會不得不帶領這群小怪獸來後山，碰上危險。」

「的確是很驚險，不過算了，」小巴對著抬起頭的洛可可繼續說：「至少大家都平安無事，至於你的傷勢嘛，就當作是愛吹牛的教訓吧！」

「嗯……」洛可可揉著瘀青的上臂，再次跟兩人道歉，「對不起，我以後不會再讓夥伴陷入危險的。」

小溪邊，幾個小怪獸跟一個綠色的小地精正坐在溪邊，不時焦急地望向後山的入口，終於，在視線範圍內看到了三個模糊的身影。

「看到了！」「是洛可可他們！」「三個都回來了！」小怪獸們歡欣鼓舞地跑向洛可可一行人。

「你們都沒受傷吧？」走在最前面的小巴，詢問著小怪獸們。

「沒有，」小怪獸們搖著小腦袋，「閃眼熊呢？你們打敗牠了嗎？」

「算是吧？」小巴看了一下互相攙扶，慢慢走入隊伍的洛可可與蓋比，接著說：「我們成功抵擋了閃眼熊的攻擊，最後牠們退回洞裡了。」

「好厲害！」又是一陣歡聲雷動，小怪獸崇拜地看著三人。

「你們也見識過閃眼熊的可怕了，」洛可可認真地告訴小怪獸們，「以後要互相提醒，不要做太冒險的行為，不然萬一受傷了，夥伴們也會難過的。」

「好！」小怪獸們乖巧地點著頭。

「那……他怎麼辦？」蓋比這時指著站在旁邊的綠色地精。

「他好像不懂通用語……」小巴走向地精，指著自己，「我是巴米爾。」

「……」小地精疑惑地看著小巴，沒有說話。

「他是洛可可，」小巴先是用手指著洛可可，再指向蓋比說：「他叫蓋比。」

「巴米噁……羅卡卡……蓋痞……」小地精似乎有點了解，默默唸著。

「巴米爾、洛可可、蓋比，」小巴耐心地重複著，再指向小地精，「那你是？」

「………賀比。」小地精總算是明白小巴的意思，說出了自己的名字。

「有進步了，」洛可可開心地說：「賀比，你會說通用語嗎？為什麼要來怪獸村的後山？」

「統用語？吼山？」賀比搖搖頭，表示聽不懂洛可可想表達什麼。

「唉……這下可好，他不會說通用語，我們也不懂地精話，怎麼辦？」洛可可拍著腦袋說。

「還是，把他送去守衛那裡？」蓋比不確定地說。

「看來也只能這樣了，」小巴也表示同意，「希望守衛們聽得懂地精的語言。」

「等一下！」洛可可突然叫了一聲。

「幹嘛啦？」被嚇一跳的小巴，瞪了洛可可一眼。

「我知道誰可能會說地精語喔，」洛可可說完，又自言自語著：「嗯……應該吧？雖然他看起來不是很可靠……」

「誰會講地精語？」蓋比也好奇地問。

「我爸爸啦……」洛可可露出不太確定的表情，緩緩說道。

Chapter 38 地精紅藥水

「什麼？在山洞時，突然聽到一陣大吵大鬧？接著還有很多石頭丟進來？」當洛可可的爸爸與小地精賀比嘰哩呱啦地用地精語討論著事情的始末時，洛可可這才發覺，把賀比帶回家，似乎不是個好主意。

「呃……叔叔，」小巴有點結巴地說：「既……既然您聽得懂地精語，那……我就先送這些小怪獸回家好了。」

「嗯？喔喔……」洛特科瓦似乎還沒有反應過來，「你們要不要留在這邊吃晚餐再走？有石頭蛋糕喔！」

「不用了，」蓋比也連忙搖手，「我也該去肉骨之丘找爸爸了，叔叔再見！」

洛可可絕望地看著小巴跟蓋比，但兩人刻意閃避洛可可的目光，拉著一群小怪獸就往門口走。

「叔叔再見，洛可可，明天見喔！」說完，大夥兒便一溜煙地逃離洛可可的家。

「什麼嘛，居然留我一個人面對……」洛可可低聲嘀咕著，但賀比似乎還沒有說完。

「什麼！閃眼小熊怪？我兒子還跟牠戰鬥？」「什麼！後來還出現第二頭大型的閃眼熊？」爸爸一次又一次的驚呼，驚動了在廚房準備晚餐的媽媽，洛可可的頭也越垂越低。

「呃……爸爸，晚餐有石頭蛋糕呀？那我先去洗手……」洛可可打斷他們的談話，一邊往浴室的方向移動，不料，一隻大手突然按在他的肩上。

「不急，」媽媽出現在洛可可身旁，臉上堆著冷冷的微笑，緩緩地說：「先聽完你的英勇事蹟，再去洗手也不遲……」

「好……好……」感受到肩膀不斷被施加的壓力，洛可可只得乖乖站在原地，等賀比把事情的一切交代給爸爸。

晚餐時間，小地精賀比坐在餐桌上平時洛可可的位置，面前擺滿了豐盛的食物，有藍蘋果沙拉、火腿、濃湯，還有洛可可最喜愛的石頭蛋糕；而洛可可則是縮在餐桌的角落，盤裡只有一片麵包。

「媽媽，」洛可可小心翼翼地說：「石頭蛋糕的味道好香喔……」

「來，賀比，多吃一點，」媽媽沒有理會洛可可，切了一塊石頭蛋糕，放在賀比的碗盤。

「媽媽，」洛可可不死心，繼續問道：「妳的祕密配方是不是升級了呀？我可以吃一點嗎？」

「你帶著這麼多小怪獸去後山，還遇到危險，」媽媽轉過頭來，冷冷地盯著洛可可，「有麵包吃就不錯了。」

「我知道錯了，我保證以後不會再讓夥伴陷入危險……」洛可可哀求著，但媽媽仍舊不予理會。

「……」賀比看了看眼前的豐盛食物，遲疑了一下，把一盤石頭蛋糕推到洛可可面前。

「要給我吃的嗎？」洛可可開心地看著賀比，隨即又有些不安地望向媽媽。

「唉，吃吧！」媽媽嘆了一口氣，「記住你說的話，不要再做危險的事情了。」

「耶！謝謝媽媽，謝謝賀比！」洛可可這才放心地開始狼吞虎嚥。

「不過……」爸爸擦了擦嘴，用地精話詢問賀比：「你一個小地精，特地跑來我們怪獸村後山是為了什麼啊？」

賀比嘰哩呱啦地跟爸爸聊起來，爸爸的表情也越來越疑惑。

「爸爸，賀比說什麼？」洛可可把面前的石頭蛋糕吃掉，又伸手拿了一塊放到盤子裡。

「嗯……」爸爸皺著眉頭說：「他說地精村已經缺乏銀冷草很長一段時間了，雖然一直讓郵差蝸牛捎信過來，但都沒有得到我們的回應，他只好冒險來後山摘取。」

「我之前就說了，最近你的工作量減少很多，」媽媽打斷爸爸的話，「果然是在偷懶？」

「冤枉啊！」爸爸連忙解釋：「我之前不是說過嗎？發現交易需求減少後，我也有主動捎信去地精村詢問過呀！」

「他們寫信來我們沒收到……我們寄信去，他們也沒收到？」洛可可嘴裡塞著第二塊石頭蛋糕，含糊不清地說著，又順手拿了第三塊蛋糕。

「的確有點詭異，」爸爸摸著下巴，思考片刻後說道：「看來只能靠我親自出馬了，明早我就安排一輛石頭馬車運送銀冷草去地精村，順便帶賀比回家，再了解看看究竟發生什麼事。」

隔天清早，洛可可出門時，發現石頭馬車早已備妥，洛特科瓦正跟賀比把一箱箱的銀冷草搬上馬車。

「這麼早就要出發嗎？」洛可可詢問著。

「是呀！賀比的爸爸媽媽肯定著急死了，還是盡早送他回地精村比較好。」爸爸往馬車上裝了最後一箱銀冷草，擦了擦汗。

「那你們路上小心，我去上學囉！」洛可可跟兩人揮了揮手。

這時，賀比轉身對洛特科瓦似乎在詢問著什麼，接著走向洛可可。

「介……介介尼，羅卡卡。」賀比給洛可可一個擁抱，同時用著很不熟練的通用語向他道謝。

「是洛可可啦。」洛可可一邊笑著，一邊回以擁抱。

「嘎嘎。」賀比從懷中取出一瓶裝滿紅色藥劑的小瓶，打開瓶蓋，將藥液倒在洛可可因為昨天戰鬥而受傷的手臂後，再將藥瓶塞到洛可可手裡。

「這是要送給我的意思嗎？」感受到手上的瘀青逐漸消失，洛可可露出笑容：「好神奇的藥水！」

「嘿，該出發囉！」洛特科瓦喊著賀比，拍了拍馬車旁的座位，賀比跟洛可可點了點頭，轉身爬上馬車，往前方的道路出發。

「要把通用語學好，下次我們再去地精村找你玩喔！」洛可可一邊揮手，一邊對著馬車大喊，直到馬車的影子逐漸消失，手才放了下來。

Chapter 39 終極閃避

「大家早！」神采奕奕的洛可可衝進帳篷跟大家問好，確認帳篷內還沒有達辛妮教官的身影後笑著說：「哈！還好沒遲到。」

「你今天比較晚呢！」蓋比熱情地跟洛可可打著招呼，「是因為昨天被處罰嗎？」

「沒有啦，」洛可可從儲物袋中拿出紅藥水，「我爸爸剛剛帶賀比回地精村了，只是跟他道別多花了一些時間。」

「嗯？這是什麼？」蓋比看著洛可可手中的紅藥水，疑惑地問。

「手伸出來，」洛可可抓住蓋比的手，倒了一滴藥水，幫他塗抹因為跟閃眼熊戰鬥所留下的瘀青，「賀比送給我們的藥水，很神奇喔！」

「哇，」蓋比看著手上逐漸淡化的傷痕，驚訝地說：「恢復得好快，比我們的冷銀藥膏還有用呢！」

「對呀，這可真是個寶貝，我們可要省著用。」洛可可放下蓋比的手，用力把藥瓶擰緊，小心收回儲物袋，「準備上通用語課囉！」

以往在上課時，洛可可並不是非常專心，但今天卻一反常態，十分積極地參與課程。

「尼好嗎？我叫羅可可，我今年溜歲，洗彎冒險。」洛可可雙手捧著書寫葉，大聲朗誦著。

「你的通用語進步了，很好。」雖然發音不是非常標準，但達辛妮教官對於洛可可的進步還是給予肯定。

「謝謝教官，」洛可可得意地說道：「經過小地精賀比的事件，我總算體會到通用語的重要性了。」

「賀比？」達辛妮教官不解地問道。

「啊……沒有！」可能是猜到，如果教官知道昨天的經歷，自己又得接受處罰，洛可可趕緊轉移話題，「我是說，學好通用語，就可以跟地精和其他種族溝通了。」

「沒錯，」達辛妮教官點點頭：「雖然各個種族都有自己的語言，但為了方便交流，多半還是會學習通用語；我想，地精應該會是你們第一個使用通用語交流的種族。」

「教官，」小巴舉手問道：「為什麼地精會是我們第一個使用通用語交流的種族？」

「因為地精村的地理位置距離我們怪獸村最近，」達辛妮教官說完，停頓了一下，

「而且，在第一學年的期末測驗結束後，我們也會安排到地精村參觀的活動。」

「萬歲！可以去地精村耶！」聽到這個消息，大夥兒都興奮了起來，洛可可高興地叫著，但隨即愣住，「等一下，教官妳前面說什麼？」

「地精村的地理位置距離我們怪獸村最近？」達辛妮教官回答。

「不對，再後面一句。」洛可可搖頭。

「嗯？第一學年的期末測驗結束後？」

「什麼？我們還要期末測驗喔……」小怪獸們突然安靜了下來，有人小聲說著。

「當然，」達辛妮教官恢復嚴肅的表情，「每位學員都需要接受測驗。」

「我不想考試……」洛可可沮喪地癱在座位。

「考試的目的是要讓各位了解自身的學習狀況，才能針對不足之處進行補強，這學年也快結束了，請大家好好準備。」教官補充。

下午，訓練場上，古厲丹教官正對排列整齊的小怪獸們宣布新的訓練課程。

「經過這段時間的訓練，各位在近戰與弓術的技巧都有顯著的進步，」古厲丹教官

大聲地說：「但除了戰技外，敏捷度與耐力對於戰鬥也有舉足輕重的影響力，因此，今天開始我們要進行名為『終極閃避』的訓練！」

「終極閃避？聽起來好像很困難……」小怪獸們交頭接耳地討論著。

「這是由我本人發明的訓練方式，專門用來鍛鍊身體的協調能力以及耐力。」古厲丹教官沒有理會小怪獸們，繼續說明：「進行的方式是，由一個小怪獸擔任獵手，其他小怪獸擔任獵物；獵手的目標是抓住所有的獵物，而獵物則必須盡可能地閃避……」

「教官，這不就是我們平常在玩的『鬼抓人』嗎？」克魯莫打斷了古厲丹教官的解說。

「鬼抓人是什麼？沒聽過，教官正在解說終極閃避的進行方式，請不要插嘴。」古厲丹教官看了克魯莫一眼，繼續說道：「如果獵手抓住了一個獵物，那麼這個獵物也會成為獵手，加入到捕捉獵物的隊伍中，訓練將繼續進行到所有的獵物都被抓住為止。」

「這明明就只是鬼會增加的鬼抓人而已。」洛可可一邊偷笑，一邊跟小巴說。

「呵呵，」小巴也忍不住顫抖，小聲地說：「古厲丹教官好像除了戰鬥以外，其他的事情都不懂，你看上次那個肉骨之丘……」

「以上，就是終極閃避的訓練方式，」古厲丹教官認真地講解完畢後，指著仍在掩嘴偷笑的克魯莫，「你剛才插嘴，那就由你擔任第一個獵手，訓練開始！」

Chapter 40 過激的代價

平時，訓練場的午後，總會傳出小勇士們受訓的吆喝聲；然而，今天的聲響卻被嬉鬧聲給取代；十幾名小怪獸，正在場上進行著終極閃避的訓練。

「抓到囉！」靈巧的克魯莫把小手掌拍向跌倒在地，還想爬著逃開的蓋比後背，「加入獵手的隊伍吧，蓋比。」

「蓋比跑不快，不喜歡玩鬼抓人……」蓋比無奈地從地上爬起，拍了拍身上的灰塵，開始去抓捕其他小怪獸。

大夥兒的興致很高，獵手全力追逐，獵物也拼命地閃躲，雖然古厲丹教官在旁維持秩序，但過程中仍然不斷發生跌倒或推擠等意外；隨著活動進行愈發激烈，小怪獸們的行為也越來越激動，甚至不顧安全地以各種方式進行追逐和逃脫。

「砰！」蓋比把艾爾卡斯撞得四腳朝天，興奮大喊：「蓋比抓到一個！」

「我都抓到四個了，」克魯莫一邊回應蓋比，一邊伸出腳，把試圖從身邊溜走的帕耶歐拉絆倒，再慢慢走近，朝他的後背拍了一下，「第五個！」

「喂，」蓋比似乎發現有些不對勁，質問克魯莫：「剛才，你也是故意絆倒我的嗎？」

「有嗎？」克魯莫壞笑著，「我不太記得了。」

「我覺得你是故意的，」蓋比瞪了克魯莫一眼，轉向古厲丹教官的方向舉起手，「教官！」

「喂！你找教官幹嘛？想告狀嗎？別忘了你剛剛也把艾爾卡斯撞倒喔。」克魯莫把手搭在蓋比肩上，「不要計較這麼多，趕快去抓其他獵物吧。」

「怎麼了？」古厲丹教官走向蓋比與克魯莫。

「……沒事，蓋比要繼續去抓獵物了。」蓋比有些不高興地把克魯莫的手撥開，朝小巴的位置追去。

隨著獵手的數量逐漸增加，對於扮演獵物的小怪獸來說，終極閃避的難度也越來越高，最後，場上只剩小巴還沒被抓到，但克魯莫為首的一群獵手，也已經將他困在角落，層層包圍。

「呼……呼……」在角落的小巴一邊喘氣，一邊舉手，「我投降！」

「嘿嘿，想抓到你，還是得靠包圍戰術。」克魯莫走上前，拍了小巴一下。

「這訓練到最後，對獵物來說難度實在太高了。」小巴無奈地認輸。

「這下就結束了吧？」克魯莫看著身後同隊的小怪獸們。

「奇怪……好像還少一個？」有個小怪獸向四周望了望，「洛可可呢？」

「訓練開始的時候我還有看到他，」另一個小怪獸指著訓練場角落的大樹，「好像是在那邊看到的。」

「噓，我們過去看看……」克魯莫指揮著大家，緩緩往大樹移動。

等所有的小怪獸都到大樹前，克魯莫迅速地跳到樹後，試圖找出躲藏的洛可可。

「嗯？」

出乎意料之外，樹後空無一人。

「到底躲到哪了？」克魯莫喃喃自語著。

就在大夥兒向四處張望時，樹上傳出枝葉沙沙的聲音，有一個小怪獸的頭從樹葉中探了出來；原來洛可可趁著訓練剛開始，大家的注意力都集中在克魯莫身上時，便偷偷躲到樹上。

「啊！」不知道誰聽到了樹葉的沙沙聲，對著所有獵手叫了一聲：「洛可可在上面！」

「洛可可，下來認輸！」克魯莫對著又想鑽回樹葉叢的洛可可大喊。

「你抓得到我再說。」洛可可得意地笑著。

「可惡！」受到刺激的克魯莫，摩擦了雙手，也爬到樹上。

雖然克魯莫的動作敏捷，但對上進入勇士學園之前，天天都與小夥伴們爬樹戲水的洛可可，居然完全無法接近後者；同一時間，古厲丹教官在發覺所有的小怪獸都跑到角落後，也跟了過來。

「別想逃！」克魯莫雙手抓著枝幹，以匍匐的姿態靠近洛可可。

「你這麼慢怎麼可能追得上我？」洛可可站在枝幹上，雙臂張開，像是在走平衡木一樣。

「喂，訓練結束，你們兩個下來！」古厲丹教官順著小怪獸們的目光看去，一眼就發現了正在樹上追逐的兩人。

「你沒地方跑了吧。」克魯莫緩緩爬向被逼到樹枝末端的洛可可，再次露出壞笑。

「嘿！」想不到洛可可居然直接從樹枝的末端跳到另外一處的枝幹上，重新拉開與克魯莫的距離。

「洛可可，不要玩了，快下來！」其他小怪獸也跟著古厲丹教官，焦急地喊著，但洛可可跟克魯莫似乎只將注意力放在彼此身上，絲毫沒有理會。

不一會，洛可可再次被逼到另一個角落，克魯莫慢慢站起身子，靠近洛可可，幾乎伸手就可以碰到他。

「沒用的，」洛可可輕鬆地看著另一邊的樹枝，大喝一聲：「我再跳！」

然而，在洛可可即將跳出時，腳下突然傳出一聲「喀擦」，接著，洛可可跟克魯莫，就隨著斷裂的枝幹，雙雙往下掉落。

Chapter 41 黑暗魔弦三重奏

「嗚——」悠長的號角聲響起，意味著課程的結束，小怪獸們從各個帳篷魚貫而出，走向學園門口，結束勇士學園一整天的課程；此時，訓練場上只剩下三個小怪獸，在一名光頭教官的監督下整理著場地，仔細一看，有兩個小怪獸似乎還受著傷，緩慢移動著。

「真倒楣……」扭傷腳踝的洛可可，一邊抱怨，一邊把訓練場上掉落的枝葉撿起，丟入橡皮藤編織而成的籃子。

「你明明就是活該！」手臂包紮起來的克魯莫，把枝葉踢到洛可可身邊，還故意朝他臉上踢了一些砂土，「誰叫你不好好訓練，躲到樹上。」

「如果你沒有爬上來抓我，樹幹也不會斷掉。」洛可可不甘示弱，也朝克魯莫踢了幾腳塵土，絲毫不在乎腳踝的傷勢。

「你們兩個！」古厲丹教官的腳步走近，洛可可跟克魯莫立刻停止了動作。

「終極閃避的目的是要訓練你們的靈活度跟耐力，」古厲丹教官神情不悅地說：「你們居然爬到樹上，還摔下來！」

「教官……」這時，抱著滿滿一籃枝葉的蓋比，滿頭大汗地走來，「蓋比沒有爬樹，為什麼也要受罰？」

「是誰把艾爾卡斯撞得頭昏眼花的？」古厲丹教官冷冷地盯著蓋比。

「對……對不起……」蓋比低下了頭。

古厲丹教官嚴肅地說：「清理訓練場，已經是很輕的懲處，希望你們牢記，訓練時必須遵守規定，並注意安全，避免自己與夥伴受傷。」

看著低著頭，一言不發的三人，古厲丹教官嘆了口氣，「唉，這邊已經乾淨了，你們再去射箭場整理一下，就回家吧。」

「好，謝謝教官。」洛可可說完，便逕自往射箭場移動，另外兩個小怪獸見狀，跟教官行了一禮，也跟著洛可可的方向離開。

雖然今天的訓練課程已經結束，但射箭場上仍有三個小怪獸正在進行自主練習，從手腕上配戴的獸牙手鍊看來，應該都是高年級的小怪獸。洛可可一行人把藤籃放下後，開始進行清掃工作。

「喂，克魯莫。」洛可可眼睛盯著地上的枝葉，一邊叫著克魯莫。

「幹嘛？」克魯莫跟洛可可一樣，雖然有回應，但並沒有看著對方。

「對不起，是我先沒遵守規定的。」洛可可主動道歉。

「……」克魯莫沉默了一下，回答：「算了，我也不應該……」

「噢！」蓋比突然悶哼了一聲，打斷洛可可跟克魯莫的談話，洛可可轉頭，發現他正摀著肩膀，地上還有一支前端被橡皮藤纏起來的弓箭。

「喂！你們射到我的朋友了！」洛可可對著正在練習的小怪獸們大喊。

「走開！我們正在練習，射箭場要淨空。」對面的小怪獸也回喊道。

「我們快整理完了，急什麼？」克魯莫朝他們喊完，便催促著洛可可與蓋比：「我們趕快撿一撿枝葉就回家吧。」

然而，對面的小怪獸卻彷彿置若罔聞，不斷朝他們發射前端包裹著橡皮藤環的弓箭。

「我受夠了！」忍無可忍的克魯莫，抬著手臂保護頭部，往高年級的小怪獸們跑去，洛可可跟蓋比對看一眼，隨即跟了上去。

「喂！幹嘛故意射我們？」克魯莫跑到一個看起來呆頭呆腦的小怪獸面前，大聲質問。

「剛才就已經叫你們離開了。」這個小怪獸，拍了拍自己的大肚子回嘴道。

「我們還在打掃，而且你射到我了！」跟上來的蓋比還在揉著肩膀，有點生氣地說著。

「嘿嘿，」肥胖的小怪獸身旁，一個體型較小的小怪獸，一邊噴著口水，一邊表情輕蔑地取笑著蓋比：「我們正在練習，你這麼胖還擋在那邊，當然會被射到啊！」

「不好意思，」洛可可忍不住打斷他們的對話，「要說胖的話，這位胖哥哥好像更大隻吧？還有你，講話就講話，可以不要噴口水嗎？」

「你這個臭小鬼！」兩個被激怒的小怪獸，生氣地瞪著洛可可。

「我說的是事實嘛。」洛可可一邊說，一邊擦臉，假裝抹掉臉上的口水。

「在吵什麼？」一個聲音從兩個小怪獸的背後傳出來，洛可可看過去，是一個體型高壯的小怪獸，看起來至少比蓋比高出兩個頭，淺綠色的頭髮用珠子串成好幾條小辮子，每向前踏出一步，小辮子便隨之舞動，看上去十分威風。

「老大，這些低年級的小怪獸干擾我們練習，」兩個小怪獸跑到高壯小怪獸的跟前告狀：「還嘲笑我們。」

「看來，你們是沒聽過我們『黑暗魔弦三重奏』的名聲吧？」帶頭的老大，眼神冰冷地看著洛可可。

Chapter #2 阿瓦隆、加侖、賽德里克

射箭場上，六個小怪獸分成兩個陣營，互相對峙。

「我們只是在打掃，」面對辮子頭小怪獸傳來的壓迫感，蓋比壓抑住憤怒的情緒，試圖跟對方講道理，「你們一直搗亂，會影響我們工作。」

「就說了，」獐頭鼠目的那名小怪獸，躲在首領的背後叫囂著：「黑暗魔弦三重奏在練習，射箭場一律清空！」

「噗……」洛可可噗哧一笑，趕緊低下頭，所有人往他的方向看了一眼後，繼續爭論。

「不如雙方都各退一步，」不甘示弱的克魯莫走上前說：「你們道個歉，我們趕快把場地清理完，就沒事了。」

「道歉？」呆頭呆腦的小怪獸，鼻孔噴著粗氣，大聲地說：「黑暗魔弦三重奏，行

走在黑暗的旅途，從來沒有聽過道歉這種事！」

「噗哈……」洛可可再次笑了出來，連忙用手捂住自己的嘴。

「小鬼，」辮子頭首領指著洛可可，「從剛才開始你就一直在旁邊偷笑，到底有什麼好笑的？」

「沒，沒有……」洛可可一邊遮住自己忍不住上揚的嘴角，一邊說：「對不起，你們繼續……」

「咳咳……」辮子頭首領轉頭看向蓋比與克魯莫，嚴肅地說：「今天就讓你們見識見識，勇士學園裡最強的三人組合！」

說完，三個小怪獸很熟練地排成三角的隊形，居然開始自我介紹。

「沉重狂魔——加侖，」左側肥嘟嘟的小怪獸，拿出一把戰槌揮舞，「手握鋼鐵之槌，我的重擊能撼動整個世界，讓你們的膝蓋顫抖不已，絕不容忍任何對黑暗力量的不敬！」說完，他用槌子猛烈地敲打地面，發出震耳欲聾的聲響。

「噗！」

「暗影射手——賽德里克，」右側小頭銳面的小怪獸，轉動弓箭炫耀著：「我的精準射擊能命中所有敵人的要害，無所不在的陰影就是我的庇護，在黑暗的箭雨下，你們將無處可逃！」他一邊說，一邊身形不斷敏捷地左右晃動著。

「噗！」

「至於我們的首領，」加侖跟賽德里克同時低頭，向著辮子頭的小怪獸行禮：「漆黑戰神——阿瓦隆，勇士學園最強的小勇士，手持雙劍，能切斷任何敵人的抵抗，給予所到之處毀滅性的打擊！」

「我們，黑暗魔弦三重奏，將征服整個世界，讓黑暗力量永遠稱霸！」三個小怪獸異口同聲地說完後，便擺出詭異的姿勢，一動不動。

「……」蓋比跟克魯莫一陣愕然。

「噗！哇哈哈哈哈哈！」一陣突兀的笑聲打破了現場的寧靜，洛可可一邊捧著肚子，一邊狂笑不止。

「笑……笑什麼？」加侖紅著臉，惡狠狠地瞪著洛可可。

笑到流淚的洛可可，彎著腰說：「對不起，但我再也忍不住了，你們的稱號實在是太……太有喜感了……魔弦三……噗哈哈哈哈哈！」

看到洛可可不停擦著眼淚，克魯莫與蓋比也誇張地笑了出來。

「老大你看，他又在嘲笑我們！」賽德里克受到刺激，生氣地舉起弓箭，擺出戰鬥的姿勢。

「好啦，表演結束了，現在你們可以好好道歉了嗎？」洛可可收起笑意，掏出隨身攜帶的短劍，朝蓋比跟克魯莫使了個眼神，蓋比也很有默契地拿出小木槌，盯著加侖，只有手無寸鐵的克魯莫顯得有些不知所措。

「今年新入園的小怪獸都這麼勇敢啊？」阿瓦隆緩緩拿出雙劍，指向洛可可，「看來，不教育一下你們是不行了。」

阿瓦隆說完，加侖便掄起釘頭槌，朝蓋比衝去；這兩個小怪獸有著相近的體型、相似的武器類型，甚至連攻擊的模式都很類似。

「黑暗狂擊！」「臉頰肉！」隨著兩聲大喝，釘頭槌與小木槌狠狠地撞擊在一起，然而，在碰撞的瞬間，小木槌便被釘頭槌砸得粉碎。

「蓋比的槌子！」吃驚的蓋比顯得有些心疼與憤怒，停頓了一下，便握緊拳頭衝向加侖，改用肉搏的方式繼續戰鬥，加侖則是一邊抵擋蓋比的攻勢，一邊順勢收起武器。

儘管蓋比的徒手攻擊相當兇猛，但卻無法對加侖造成傷害；反倒是收好釘頭槌的加侖，發揮了技巧和經驗的優勢，利用一次出拳的破綻，趁機抓住了蓋比的手臂，將他壓制在地。

另一頭，沒有隨身攜帶武器的克魯莫，一開始就被賽德里克的弓箭給牽制住，只能蹲在地上，抱頭哀號，這一幕看得洛可可不免緊張了起來。

「看來，你們只有耍嘴皮的功力厲害而已嘛？」阿瓦隆滿意地看著兩個手下的戰果，舉著黑色的雙劍，走向擺出戰鬥姿勢的洛可可。

Chapter 43 解圍

正當蓋比與克魯莫被加侖與賽德里克壓制時，阿瓦隆拿著漆黑的雙劍，走近擺出戰鬥姿態的洛可可。

「現在認錯的話，」阿瓦隆緩緩轉動著手中雙劍，「可以少吃一點苦頭。」

「哼！認什麼錯？」洛可可緊握短劍，「明明是你們不講道理，干擾我們的清掃工作！」

說完，洛可可主動上前，朝阿瓦隆的胸膛劈下一劍。

「速度普通。」阿瓦隆側身閃過攻擊，隨即用肩膀將洛可可撞得退後幾步。

「我還沒出全力！」重新站穩身子的洛可可，再次衝向阿瓦隆，但每次的攻擊，阿瓦隆都能輕鬆避開，甚至連雙劍都沒有用上。

「只會耍嘴皮。」阿瓦隆依然沒有出手，在洛可可再次揮空的瞬間，朝洛可可的屁股踢了一腳，失去平衡的洛可可便撲倒在地。

「趕快認錯，不然……」阿瓦隆話還沒說完，就被洛可可從地上抓起的砂土撒了滿臉，視線受阻之時，突然感到下腹一陣衝擊，原來洛可可用頭往他的腹部狠狠撞了一下。

「嘿嘿，」洛可可爬了起來，撿起短劍，看著受到突襲而後退幾步的阿瓦隆得意地說：「我看還是你們道歉吧，還可以少吃一點土！」

「唔……」阿瓦隆撥去臉上塵土，憤怒中帶著一絲訝異，舉起雙劍，「很好，這是你自找的。」

舞動雙劍的阿瓦隆，挾帶著強烈的氣勢進行攻擊，洛可可只得咬緊牙關勉力抵抗．但仍不敵其熟練而精湛的劍技；沒過多久，阿瓦隆左手便以劍身狠狠拍在洛可可肩上，將他壓制。

「道歉。」阿瓦隆用充滿威壓的語氣說著。

「對不起……害你吃土，哈！」被壓制的洛可可，仍然不改嘴硬的脾氣，挑釁著阿瓦隆。

「你！」惱羞成怒的阿瓦隆，右手舉起短劍，打算往洛可可身上打去。

「阿瓦隆跟他的小跟班們，都已經放學了，還這麼努力在訓練呀？」就在洛可可準備承受攻擊時，一個有些熟悉的聲音，從身後傳來。

一個看起來有些漫不經心的小怪獸，一邊把玩著脖子上的紅色狼牙吊飾，一邊帶著笑容，慢慢朝他們走來。

「阿薩，」綁著辮子頭的阿瓦隆雖然仍壓制著洛可可，但右手的短劍已指向嬉皮笑臉的阿薩，「我們在教訓不懂事的小鬼，沒你的事。」

「唉……」阿薩嘆了口氣，側身對向眾人，在他的左臂上有一片黃色的臂章，「我也不想管呀，但你看，這幾天輪到我執行放學後的巡邏任務，如果放任你們繼續搗亂，恐怕我也會受到教官處罰呢。」

「哼！」阿瓦隆左劍往試圖掙脫的洛可可拍了一下，視線持續停留在阿薩身上，「你想拿教官嚇唬我們？」

「沒有沒有，」阿薩連忙擺手，貌似委屈地說：「我只是不想因為你們欺負弱小，而連帶受到處罰而已。」

「如果我們不停手呢？」一旁拉著弓，瞄準克魯莫的賽德里克，也朝著阿薩的方向喊著。

「那，我也只能出手囉。」阿薩帶有深意地看著三人，「雖然有些麻煩，但如果我加入戰局，或許雙方的戰力會比較均衡吧？」

「老大？」把蓋比制伏在地的加侖，神情猶豫地看著阿瓦隆。

「黑暗魔弦三重奏，從不接受任何威脅，就算你是勇士學園排名第一的小勇士也一樣。」阿瓦隆將短劍從洛可可身上挪開，走向阿薩，留下一臉驚訝地看著阿薩的洛可可。

「那只是運氣好而已，」阿薩再次露出微笑，把脖子上的紅色狼牙吊飾取下，遞到阿瓦隆面前，「如果你真的這麼想要血狼吊飾的話，就拿去吧。」

「漆黑戰神——阿瓦隆，不稀罕你的施捨，」阿瓦隆迅速地往阿薩伸出的手掌砍下一劍，阿薩也縮手避開，「下屆的勇士學園比試，我會在眾人的注視下打敗你，取回本該屬於我的榮耀。」

「既然如此，那你可得繼續努力，不要浪費時間欺負弱小。」阿薩把血狼吊飾掛回脖子，目光溫和卻又堅定地看著阿瓦隆。

「賽德里克、加侖，走。」阿瓦隆哼了一聲，收起雙劍，頭也不回地離開，兩個小跟班見狀，也追了上去。空盪盪的射箭場上，只剩下三個傷痕累累的小怪獸與阿薩的身影。

Chapter 44 期末測驗

黑暗魔弦三重奏離開後，射箭場再次恢復平靜，洛可可、蓋比與克魯莫狼狽地起身。

「你們沒受傷吧？」阿薩微笑說著。

「沒有，但是蓋比的槌子……」蓋比低著頭，心疼地看著滿地的木槌碎片。

「謝謝，這是你第二次幫我了。」洛可可拍去身上的塵土，對阿薩點了個頭。

「沒什麼，我只是在執行放學後的巡邏任務而已，」阿薩擺了擺手，看著三個小怪獸，停頓了一下說：「你們放學不回家，在這邊越級挑戰幹嘛？」

「明明是那群惡霸佔著射箭場，不讓我們打掃，還做那麼愚蠢的自我介紹，我們才打起來的。」洛可可忿忿不平地說道，小拳頭握得緊緊的。

「你們至少還有隨身攜帶武器，我可是只有挨打的份耶……」克魯莫神情哀怨地說。

「魔弦三重……噗……」講到這個名字，阿薩也忍不住笑了出來：「雖然名字滑稽了點，但他們並不是虛有其表，你們也見識到了吧，就算稱他們為勇士學園最強的三人組合也不為過呢！」

「那為什麼他們說你是勇士學園排名第一的小勇士？」洛可可好奇地問。

「那只是運氣好啦，」阿薩再次取下吊飾，「去年的勇士學園戰鬥比試中，我僥倖獲勝，所以贏得這條血狼吊飾，想要的話，可以送你們喔！」

「我要！」洛可可立刻把散發耀眼紅芒的血狼吊飾搶到手裡，感受著狼牙散發出的冷冽氣息，似乎有一頭凶狠的巨狼正盯著自己。

「洛可可……」蓋比推了推洛可可，把他拉回現實。

「什麼？喔……喔……」看到了克魯莫跟蓋比略帶鄙夷的眼神，洛可可連忙咳了一下，將吊飾還給阿薩，「咳……我是說我要……借來看一下而已，還你吧。」

「人家辮子頭都比你有骨氣，還知道要靠自己的實力爭取。」克魯莫白了洛可可一眼。

「哼！勇士學園第一勇士——洛可可，不稀罕你的施捨，」洛可可模仿著阿瓦隆的怪腔怪調，「下屆的勇士學園比試，我會在眾人的注視下打敗你，取回本該屬於我的榮耀……很像吧！哈哈哈！」說完，三個小怪獸又大笑了起來。

「還有力氣開玩笑，看來沒有大礙。」阿薩戴回血狼吊飾，笑著說：「但以後還是小心點好，遇到實力比你們強的對手，要趕快尋求幫助，或是盡量避開，不要總是想著硬碰硬，今天要不是我剛好經過，你們可就吃大虧了。」

「蓋比下次要打敗那個胖哥哥，」蓋比搓了搓手，看著洛可可，「你也要打敗那個辮子頭。」

「那還用說，不只辮子頭，」洛可可頭抬得高高的，指著阿薩，「我還要打敗你，成為第一勇士。」

「好好好，那你們也得加強鍛鍊喔。」阿薩苦笑了一下，看著克魯莫，「你呢？」

「我才不要參加什麼比試！」克魯莫連忙搖頭。

「蓋比，我們趕快把場地收拾好，去進行特訓！」重新打起精神的洛可可，對著蓋比發號施令後，轉頭看向阿薩，「對了，下屆的勇士學園比試是什麼時候？」

「戰鬥競賽兩年舉辦一次，每次的規則都不同，」阿薩歪著頭想了想，「所以應該是明年的事情吧？」

「還有時間，蓋比，我們一定行的！」洛可可興奮地說著。

「好！」蓋比也加快了清理的速度，把小木槌的碎片通通丟進藤籃。

「有精神是好事啦，」看著沖昏頭的洛可可與蓋比，阿薩提醒：「但你們是不是該先準備期末測驗？畢竟學期快要結束了。」

「戰鬥訓練才重要，」洛可可不以為意地說：「其他課程沒關係。」

「不對喔，」阿薩搖頭，「知識課程同樣重要，如果測驗沒通過的話可就糟了。」

「沒通過會怎麼樣？」克魯莫問。

「沒通過的低年級生，」阿薩緩緩說道：「在期末校外教學那天，必須強制參加由直屬教官量身訂做的留校課程。」

聽到這句話，洛可可跟蓋比好像被雷打到一樣，一動不動地站在原地。

「好啦！該說的都說了，」阿薩伸了個懶腰，把左臂上的黃色臂章扯下來，「我的巡邏任務也結束了，再見囉，洛可可與他的小夥伴們。」

阿薩踩著晃晃悠悠的步伐離開後，克魯莫看著依舊發愣的洛可可與蓋比，「你們是怎麼了？」

「直屬……達辛妮教官……量身訂做的留校課程……」洛可可喃喃自語。

「喂，趕快整理完回家了啦。」克魯莫對著失神的兩人喊著。

「完，完了……」蓋比渾身顫抖著，「不去校外教學還好……但蓋比很怕達辛妮教官……」

想到教官上課時那雙犀利的眼神，洛可可與蓋比不約而同地吞了一口口水。

Chapter 45 肉骨之丘的火腿

「不對！十個小怪獸，各需要一把匕首，總共需要幾把匕首？答案怎麼會是十一呢？」小巴的哀號聲從洛可可的房間傳出，爸爸跟媽媽悠閒地坐在餐桌前，往房間望了一眼後，又低下頭享用著藥草茶。

「這是陷阱題，別忘了我可是同時能使用兩把匕首的小勇士，所以正確答案是十一把！」洛可可自信滿滿地把書寫葉上的答案展示給小巴。

「這才不是陷阱題！」小巴無奈地搖頭，轉頭看向一旁拿著小石棒，正陷入沉思的蓋比。

「這題很難嗎？」小巴湊到蓋比身旁，唸著題目：「十根地精熱狗分給五個小怪獸，請問每個小怪獸可以分到幾根？」

「呃……嗯……」蓋比絞盡腦汁後，在書寫葉上重重地刻下：「先分一根」。

「為什麼？」小巴絕望地看著蓋比，「應該是兩根呀。」

「我算不出來，」蓋比難過地說：「所以每個人都先分一根，吃完再分剩下的……」

「為什麼你們可以把算術變得這麼複雜啊……」小巴拍著額頭，「再這樣下去，你們都得接受達辛妮教官的補課了。」

「不要呀！」腦海中浮現達辛妮教官嚴厲模樣的洛可可跟蓋比，使勁搖頭，異口同聲地說：「小巴，你一定要幫我們！」

自從知道期末測驗的成績會影響校外教學後，平時不太注重課堂表現的洛可可與蓋比便請求小巴在假日時幫他們複習；基於三個小怪獸的情誼，小巴二話不說就答應了，然而，在實際進行輔導後，小巴才發現這個挑戰似乎並沒有想像中容易。

「小朋友們，休息一下，來吃石頭蛋糕囉！」洛特科瓦的聲音從樓下傳來，把小巴的思緒拉回現實。

「耶！石頭蛋糕！」洛可可開心地跳下椅子衝出房門，蓋比也把小石棒一丟，跑了出去。

「唉，」小巴搖了搖頭，一邊跟上，一邊喃喃自語道：「是不是不該接這個苦差事啊？」

「巴米爾，他們兩個學習的狀況還可以吧？」吃點心時，洛特科瓦關心地問著。

「嗯，通用語、奇獸學、草藥學……這些科目應該不會太差，」小巴吃了一小口石頭蛋糕，看向狼吞虎嚥的蓋比與洛可可，「比較麻煩的可能是算術。」

「阿姨，妳做的石頭蛋糕真好吃，」蓋比端著空盤，對洛可可的媽媽說：「我可以再吃一塊嗎？」

「好呀，」媽媽開心地切了一塊蛋糕遞給蓋比：「盡量吃，我今天做很多喔！」

「就跟你說，加上我媽媽祕密配方的石頭蛋糕最好吃了！」洛可可用袖子擦了擦嘴，也把空盤遞給媽媽，「我也要再一塊！」

「趕快吃一吃上樓，我們還要繼續複習算術呢。」小巴提醒。

「算術很難……」蓋比拿在手上的叉子突然停在空中。

「其實算術並沒有那麼難，」媽媽鼓勵著蓋比：「或許你只是還沒開竅而已，要好好跟巴米爾學習喔！」

「沒用的。」蓋比直接放下叉子，低著頭說：「蓋比知道自己很笨。」

「嗯，」媽媽思索了一下，從廚房邊的櫃子裡拿來一塊火腿，「讓我來考考你，這塊火腿要多少錢？」

「這是巨型野豬的後腿肉，肉質結實多汁，」雖然不理解，但蓋比還是把火腿拿起來掂量了一下，「大約要一枚銀皮爾跟五枚銅普拉。」

「那我如果給你兩枚銀皮爾呢？」媽媽問。

「找您五枚銅普拉，謝謝太太。」蓋比隨意地講出正確答案。

「如果我身上只有一枚金塔卡呢？」媽媽又問。

「那我得找您八枚銀皮爾跟五枚銅普拉。」一樣，蓋比不加思索便回答出口。

「很好，」媽媽又從矮櫃拿出另一塊肉品，「這塊是什麼肉？」

「口感細緻的魔法鹿肉，」蓋比接過來看了一下，「八枚銅普拉一份。」

「我家有六個人，你可以建議我該買幾份嗎？」媽媽饒有興致地詢問著。

「沒問題，魔法鹿肉的份量不是很大，我建議兩個人吃一份，所以您需要買三份，一共是二十四枚銅普拉，您也可以給我兩枚銀皮爾加四枚銅普拉……嗯？」發現自己居然如此流暢地回答問題，蓋比自己也愣了一下。

「天呀！」洛可可吃驚地拉著小巴，「蓋比怎麼突然會算術了？」

「而……而且算得又快又好……」小巴也目瞪口呆地盯著蓋比。

「所以囉，蓋比一點都不笨，」媽媽微笑著說：「只要找到適合自己的學習方式就可以了。」

「阿姨妳好厲害，」小巴眼睛睜得大大的，「要不要考慮來勇士學園當老師呀？」

「咳咳……」洛特科瓦好像被藥草茶嗆到，咳了一下，「這個嘛，可能要從長計議一下，畢竟……」

「開什麼玩笑，」洛可可打斷爸爸的話，「我媽媽生起氣來，可是比起達辛妮教官還要……」

「嗯？還要怎麼樣呀？」媽媽瞇起眼睛，冷冷地盯著父子倆。

「還要……溫柔一百倍！」意識到自己得意忘形的洛可可，趕緊修正說法。

「這還差不多，」媽媽點了點頭，「小朋友們吃完蛋糕就繼續上樓學習吧。」

「好！」感受到莫名的壓迫感，三個小怪獸連忙站起身子回答。

「那沒事的話……我也……」洛特科瓦一邊站起來，一邊搔著頭。

「去洗盤子。」媽媽平淡地說。

「遵命！」爸爸立刻捧起餐盤，往廚房跑去。

Chapter 6 地精熱狗

日子一天天過去，這段時間裡，洛可可與蓋比除了在學園接受達辛妮教官的指導外，假日時也由小巴與媽媽持續進行複習。終於，在為期兩天的期末測驗結束後，迎來了成績揭曉的日子。

帳篷裡，原本還在嬉戲打鬧的小怪獸，在看到雙手捧滿用書寫葉製作而成的卷軸，緩緩走進帳篷的達辛妮教官後，便趕緊回到座位。

「各位期末測驗的成績已經批改完成，」達辛妮教官將卷軸堆疊於桌上，「這是你們的成績卷軸，裡頭除了課堂的學科外，也包含古厲丹教官評比的近戰、弓術訓練成果。」

洛可可嚥了一口口水，四周張望，發現蓋比也正緊張地朝他看來。

「現在叫到名字的學員，請到台前領取成績。」達辛妮教官拿起卷軸，進行唱名：

「艾爾卡斯，帕耶歐拉……」

當小怪獸聽到自己的名字，便迅速上前領取成績卷軸；有些小怪獸還沒走回座位，就迫不及待地打開觀看；有些小怪獸則是回到座位後，深深吸了口氣，才緩緩將卷軸打開。

「嗯……奇獸學、草藥學、算術……都是火焰，」小巴打開卷軸，仔細確認著成績：「通用語是閃電呀，還要更努力才行。」

「閃電……拜託給我閃電。」洛可可雙手合十，對著面前的成績卷軸祈禱，「不然最少也要雪花。」

為了讓小怪獸能更容易理解自己的成績水平，也鼓勵他們持續精進，勇士學園有一套以圖騰形式評估成績的特殊方式：

最高級的圖騰是火焰，代表卓越、優異的成績與出色的學習表現；閃電則反映著良好的成績與優良的學習能力；雪花屬於第三級，代表中等成績；如果卷軸上的圖騰是排名第四的石頭，甚至第五的枯葉，則表示成績低於平均水準，需要加強輔導。

「戰鬥訓練只有雪花……唉，算了，至少有及格，弓術呢？又一個閃電。」確認完成績的小巴，將卷軸收入儲物袋，發現洛可可還在座位上祈禱著。

「嘿，你到底要不要打開啊？」小巴走近洛可可，拿起放在桌上的成績卷軸。

「還我！」洛可可一把搶回卷軸：「我這就要打開了嘛。」

隨著卷軸慢慢攤開，洛可可緊張的神情也逐漸轉為安心，小巴湊上前評論著：「還可以，大部分都是閃電跟雪花，喔？近戰跟通用語居然是火焰？滿厲害的嘛！」

放下心頭重擔的洛可可終於恢復笑容，得意地說：「當然！我可是最厲害的小勇士，近戰得到火焰是很正常的！」

「但你的弓術跟草藥學卻只有雪花呢？」小巴指著卷軸上的雪花圖騰。

「唉呀，那個不重要啦！」洛可可開心地扭動起來，「總之我已經通過考試，可以去地精村玩囉！」

「不要高興得太早，」小巴趕緊拉住興奮過頭的洛可可，指了指蓋比的方向，「還是先看看蓋比的狀況吧。」

洛可可停止詭異的舞步，跟小巴一起看向正低著頭喃喃自語的蓋比，他桌上的卷軸還沒攤開，兩個小怪獸交換了一下眼神，慢慢走上前。

「地精熱狗……熱狗……」蓋比閉著雙眼，雙手緊握地祈禱著，絲毫沒有注意來到身旁的洛可可與小巴。

「小巴，我們的成績圖騰裡有熱狗嗎？」洛可可疑惑地問。

「怎麼可能有熱狗？」小巴翻了個白眼，搖了搖蓋比，「蓋比，你在說什麼熱狗？

趕快看成績呀！」

「喔，」蓋比睜開眼睛，有點不好意思地對洛可可與小巴笑著，「蓋比想去地精村，吃那裡最有名的地精熱狗……」

「那就趕快打開卷軸看看！」洛可可催促著。

「可是……如果上面有石頭或是枯葉……蓋比就不能去了……」蓋比猶豫地看著卷軸。

「蓋比，考試已經結束，」小巴將卷軸拿起，遞到蓋比手中，「就算你不打開，裡面的圖騰也不會改變了。」

「可是……」蓋比還是有點遲疑。

「沒什麼可不可是的，」洛可可拍了蓋比結實的後背一下，「還是我幫你看？」

「嗯……好吧……」蓋比把卷軸拿給洛可可，眼睛閉上，繼續默念：「熱狗……熱狗……」

小巴跟洛可可解開卷軸上的藤蔓，慢慢攤開．感覺比揭曉自己的成績時還要緊張好幾倍。

「雪花、雪花、近戰是火焰……滿正常的，」洛可可一邊攤開卷軸，一邊唸著成績。

「看來，關鍵就在最後的算術了……」小巴心想。

「通用語，雪花，草藥學，雪花……」洛可可持續唸著，不只蓋比，連小巴都把眼睛閉起來了。

「算術……」唸到最後一門課程時，洛可可突然停頓下來。

「你快說啊。」小巴緊張地連心臟快跳出來，催促著洛可可。

「是……石頭嗎？還是枯葉？」蓋比睜開眼睛，失落地說。

「算術……是……」洛可可深深吸了一口氣，把卷軸高舉起來大聲喊道：「熱狗！」

「耶！熱狗！熱狗！地精熱狗！」蓋比搶過卷軸，確認算術的成績是雪花後，便跟著洛可可繞著帳篷跳起怪異的慶祝舞蹈，小巴則是微笑著看著他們，如釋重負地吐了口氣。

Chapter 47 校外教學

今天是期待已久的校外教學日，當清晨的陽光一灑進房間，洛可可便迫不及待地從床上彈起；盥洗過後，他換上輕便的服裝，將短劍掛在腰間，思索了一下，取下牆上的靈杉射手，揹於身後。

「爸爸，媽媽，我要去地精村囉！」洛可可朝著爸媽的房間嚷嚷，沒等爸媽回應就跑出家門。古德爺爺這時剛領著蒂朵進入農田，看到洛可可，露出和藹的笑容，「洛可可，你今天比平時還早呢！」

「古德爺爺早！」洛可可跑了過來，用力揉著蒂朵的腦袋，「今天我們要去地精村玩。」

「地精村呀，不錯不錯……」古德爺爺笑著，「這應該是你第一次出遠門吧？」

「對呀！」洛可可興奮地說：「而且我在地精村有認識的朋友，已經等不及要去見他了！」

「別急，這個給你，」古德爺爺隨手摘了幾根黃瓜，遞給洛可可，「旅途中如果餓了，可以吃這個墊墊肚子。」

「我不愛吃黃瓜，」洛可可把黃瓜推回古德爺爺身前，「再說了，地精村有地精熱狗呢，我想多留點肚子給熱狗。」

「這樣你就更該帶黃瓜囉，」古德爺爺露出神祕的微笑，「地精熱狗加上老爺子我種的黃瓜，可是絕配呀！」

「是這樣嗎？」洛可可狐疑地看著古德爺爺，勉強接過黃瓜，「好吧，謝謝爺爺，我會試試的。」

「呵呵，相信老怪獸的智慧，不會吃虧的。」古德爺爺說完，拍了拍蒂朵，「老頭子要工作了，洛可可，出門要多注意安全喔。」

「放心吧爺爺，我走囉！」洛可可對古德爺爺揮了揮手，轉身往勇士學園的方向跑去。

勇士學園的入口處，一個身著全套鎧甲的光頭教官，正細心打理著一輛巨型馬車；他以混入麥子與細沙的飼料餵食著馬車前的石頭馬群，並細心檢查牠們的蹄子，確認沒有異狀後，對著津津有味嚼著草料的馬群，滿意地點了點頭。

「古厲丹，這麼早就準備完成了呀？」一個慈祥的老者聲音傳來，古厲丹教官轉身。

「校長，」古厲丹對伊恩校長鞠躬，「馬車已經備妥，接下來是學員們的裝備。」

「很好，」伊恩校長笑著說：「你也知道，最近我們與地精村的信件往來時常遺失，村裡的商人雖然陸續去拜訪了幾次，但仍舊沒有查明原因，一切要小心為妙。」

「請不用擔心，」古厲丹教官將裝備有序地放入馬車後方的置物箱，轉身看著校長，「我會做好萬全的準備。」

「校長早！教官早！」小怪獸們陸續抵達勇士學園，大聲打著招呼。

「早啊！」伊恩校長親切回應著：「要出發前往地精村的小怪獸，請排隊上車；參加達辛妮教官加強輔導的小怪獸，就趕快去帳篷，明年的考試要更努力喔！」

森林裡，陽光在樹葉的縫隙間落下一道道光束，樹木在光線互相輝映下發出輕柔的光芒，為整片森林增添了奇妙的氛圍；一台由四匹石頭馬拉著的大型馬車，正以穩定的速度向深處前進。

「薩克蘭德，也就是俗稱的地精村，與我們洛登尼斯之間的距離不算遠，一匹全力疾馳的石頭馬，大約一個小時便可以抵達。」古厲丹一邊駕馭馬車，一邊將地圖拋進車內給小怪獸們瀏覽。

「照地圖看來，我們正穿過綺光森林，」小巴仔細看著地圖，其他小怪獸也圍在他身旁，「沿著這個方向繼續走，晚一點會經過一片沼澤地帶。」

「沒錯，當我們進入名為幽藹沼澤的區域，距離地精村就不遠了。」古厲丹教官專注眼前的路況，稍微側著頭說：「距離目的地還有些時間，我先跟各位介紹地精一族。」

古厲丹教官稍微挪了挪身子，找到一個比較舒適的駕駛位置後，開始介紹。

「地精是個以製藥能力聞名的種族，他們擁有獨特的藥草知識、善於辨別各種藥草的特性和功效，」古厲丹教官侃侃而談：「製藥技術高超……」

「他們製作香料的技術也很厲害喔！」蓋比突然接話：「尤其是『煙火辣椒粉』……」

「咳咳！」教官轉頭瞪了蓋比一眼，繼續說道：「因此，就算是相同的藥草，地精所調製出的藥劑，也比其他種族所調製的效果更加……」

「就像是同樣的辣椒，經過地精的特殊處理和烘烤，就會有一種其他種族做不出來的燻燒風味和辣度！」蓋比一邊流著口水，一邊接過古厲丹教官的話。

「夠了，蓋比，」教官拍著額頭，「現在是上課時間，不要一直分享你的美食心得！」

在歡樂的氛圍中，心中充滿了期待和興奮的洛可可和其他夥伴們，乘著馬車緩緩地往地精村前進。

Chapter 48 不速之客

馬車持續往森林深處前進，小怪獸們興致盎然地看著車外的景色，高大的樹木環繞著道路，向天空伸展著枝葉；耳畔也瀰漫著各種生物的聲音，鳥兒歡快地歌唱著，與蟲鳴交織成一首奇幻的交響曲。

「我跟你們說，地精村最有名的特產就是地精熱狗，」馬車裡，蓋比仍滔滔不絕地發表著，「地精選用從阿拉洛奇山脈獵取的頂級冰尖猛豬肉，製作成口感富有彈性的熱狗，加上香草跟煙火辣椒粉，咬下一口，奇幻的滋味就會從口中綻放，待會兒一定要嚐嚐看！」

「你不要再說了啦……」洛可可忍不住拿出儲物袋裡的黃瓜咬了一口，「被你講得我肚子都餓了……」

「洛可可你居然有準備黃瓜？」蓋比驚訝地說：「你也是美食家嗎？黃瓜的清脆口

感，可以增添地精熱狗的風味層次呢！」

「好了啦！講到食物，你的話也太多了吧？」洛可可搖了搖頭，往窗外看去，不再理會正抓著頭傻笑的蓋比。

隨著馬車的深入，一股微弱卻濃厚的霧氣彌漫在空氣中，不需教官解釋，大夥兒便知道馬車已經進入幽藹沼澤；在這裡，密集的樹木和茂盛的蘆葦遮蔽了陽光，水面上漂浮著一層淡淡的綠色苔蘚，彷彿在低語著什麼祕密。

「已經到沼澤地帶，我們離地精村不遠了。」古厲丹教官微微轉動著脖子，舒緩僵硬的肌肉，「大家可以整裝一下。」

然而，與預期不同，這片區域的氛圍似乎有些詭異，生物的聲音變得罕見，原本森林的喧囂也被一片靜謐所取代，小怪獸們的心情開始有些不安；古厲丹教官也察覺到周遭的異狀，稍稍加快了馬車的速度，小怪獸們互相看著，彼此間透露出一絲疑惑；就在這時，伴隨著石頭馬的嘶鳴聲，馬車急速地停了下來。

「唉呦！」突如其來的停頓，導致在車內的洛可可重心不穩，跌了一跤，抱怨道：「教官你幹嘛突然停下來，很痛耶！」

「洛可可，去把車後的置物箱打開。」教官沒有回頭，只是低聲囑咐著洛可可。

「幹什麼……地精村還沒到吧？」洛可可摸著屁股嘀咕，慢慢移動到馬車後方，打開木箱，「嗯？怎麼有這麼多武器？」

「所有小怪獸依序取出武器後下車，快！」教官仍然沒有回頭，說完後便逕自跳下馬車。

意識到不對勁的小怪獸們，雖然緊張，但仍保持秩序，從箱中取出短劍、臂盾與弓箭……等，依次跳下馬車；儘管洛可可已經配戴短劍，但在確認所有小怪獸都領到武器後，還是從箱底拿了兩把匕首，才跟了下來。

「離地精村應該還有一段距離吧？」洛可可疑惑地往四周張望，「我們為什麼要停在這裡？」

「看來，有些飢餓的訪客並不想讓我們順利抵達地精村，」教官拔出短劍，指著沼澤的中心，「你們看那邊。」

「那是……海浪嗎？」小巴疑惑地看著遠處的波浪，搖搖頭，「不對，沼澤怎麼會有海浪？」

「蛇！一群綠色的蛇！」克魯莫的大叫嚇到站在他周圍的同伴們，透過精靈瞄準鏡，他清楚地看到數量龐大的深綠色蛇群，正朝著馬車的方向游來。

「蛇吞怪，」古厲丹教官瞇著眼睛盯著緩緩逼近的蛇群，仔細評估，「看體型應該只是幼年體，數量約有十五……不，二十四左右。」
「教官……那是什麼？」不安的小怪獸們，向光頭教官投以求助的目光。
「準備戰鬥，前方有小規模的蛇吞怪幼崽來襲，俗稱蛇幼，」教官調整了一下臂盾，看向小怪獸，「你們應該在奇獸學課程中學過，巨型的蛇吞怪可以輕易吞下一座小山，但眼前這群蛇幼，只要留心牠們敏捷的動作和利牙，並不會構成太大的威脅。」
「大家加油……我們一定會勝利！」艾爾卡斯嚥了一口口水，高舉短劍，其他小怪獸看到了，也模仿他的動作，用力舉著手中的武器。
「很好，」教官帶著讚許的眼神看著眾人，「是時候檢驗各位在戰鬥課程的學習成果了。」
小怪獸們面向蛇幼襲來的方向一字排開，此時已經不需要精靈瞄準鏡，就可以清楚看到一張張貪婪的利嘴逐漸逼近。
「戰鬥時務必保持冷靜，相互配合，以多對一的方式盡速攻擊他們的弱點——頭部，」教官走到隊伍的前方，「最重要的是，先確保自身安全，再協助其他同伴。」
「教官，看來牠們的數量不少……」小巴看了距離二十步以外的蛇群，又看了看自己的隊伍。

「你們注意，以不受傷為第一優先，」教官用力踏出一步，散發出身經百戰的無畏氣勢，「數量的差距，交給我。」

「好！」小怪獸們用力點頭，看著古厲丹教官此時如同巨人般的可靠背影。

「教官，讓我幫你減輕負擔吧！」洛可可右手拿著短劍，左手拿著匕首，走到教官身旁，「閃眼熊我都打過了，這點蛇幼算什麼。」

光頭教官沒有答話，但嘴角再次露出難看的笑容。

「準備……準備……」古厲丹教官以短劍敲擊臂盾，規律地發出讓小怪獸心神安定的節奏，終於，在蛇幼群距離小怪獸們僅剩不到十步的距離時，教官發出震耳欲聾的大吼：「小勇士！迎戰！」

全副武裝的小怪獸們，跟著教官與洛可可的背影，衝入蛇群，展開激戰。

Chapter 49 激戰蛇幼群

原本靜謐的幽藹沼澤，在蛇幼群來襲後，展開了激烈的戰鬥。

古厲丹教官身穿厚實盔甲，站在隊伍前方，彷彿一道堅不可摧的屏障；他高舉著比尋常短劍還要沉重幾倍的短劍，阻擋湧來的蛇幼群；所有撲向他的蛇幼，都被其高超的戰技所擊退；在教官堅若磐石的防守下，半數以上的蛇幼都被阻擋在前，但仍有少數蛇群繞過他，繼續往後方的小怪獸襲去。

「想吃我，來啊！」舞動著短劍與匕首的洛可可，身形敏捷地穿梭在繞過教官身後的蛇群間，企圖吸引敵人的注意力，為夥伴們爭取更多空間；面對可能致命的威脅，洛可可並未心軟，每次攻擊都如同閃電般，擊退進入他攻擊範圍內的蛇幼。

「蛇肚肉！」「蛇尾肉！」「蛇鰭肉！」

通過古厲丹與洛可可防線的蛇群，接下來對上的則是由艾爾卡斯、蘿拉瑞爾與蓋比為首的小怪獸群；蓋比揮舞著釘頭槌，口中唸著食材部位，每一次重擊都將蛇幼擊飛，使其無法威脅其他小怪獸；艾爾卡斯和蘿拉瑞爾手持短劍，配合默契地進行聯合攻擊，他們以最快的速度解決手邊的敵人，隨即趕去支援其他陷入苦戰的夥伴們。

「中！」

小巴和克魯莫爬到馬車頂拉弦搭箭；擁有精靈瞄準鏡作為輔助的克魯莫，冷靜地朝蛇幼的頭部發射箭矢，對其造成致命的打擊；小巴則是環顧四周，對戰鬥中落於下風的同伴進行射擊掩護。

雖然大部分的小怪獸並沒有實際與野獸戰鬥的經驗，但在夥伴間的相互支援下，身體似乎逐漸從實戰中回想起在勇士學園習得的種種技巧，即使面對散發出凶猛氣息的蛇幼，也從最初的緊張逐漸冷靜下來，很快，勝負便有了分曉，損失慘重的蛇幼群眼見占不到便宜，只得發出威嚇的嘶嘶聲，慢慢向後退，所有人見狀，便開始為自己的第一場勝利歡呼起來。

「呼。」古厲丹教官收起短劍，目光掃描著歡欣鼓舞的小怪獸們，確認大家沒有嚴重的傷勢後，吐了一口氣。

「你看到沒？」帕耶歐拉收起短劍，興奮地說：「剛才我閃過那條蛇幼後，立刻反擊打中牠的後背！」

「哼！你們纏鬥老半天，一隻都沒殺死，」克魯莫跳下馬車，得意地說：「我可是射中四隻蛇幼呢！」

「第一次的團隊戰鬥，你們表現得相當好，」古厲丹教官過來安撫著石頭馬，一邊用眼神示意大夥回到馬車上，「趕快上車，避免夜長夢多。」

「教……教官！」安提娜突然瞥見沼澤中心，驚訝地張大嘴巴。

「嗯？」教官轉向安提娜所指的方向，臉色陰沉了下來。

一波波的蛇幼群，數量比剛才還要多上數倍，散開來如同一張大網，快速地向馬車靠近。

「啐！」教官憤怒地吐了口口水，口中喃喃：「數量不少，還用包圍戰術……牠們一定有首領，才能指揮這麼多的蛇幼……」

「現……現在怎麼辦？」面對如此龐大的數量，有些小怪獸緊張地哭了出來。

「艾爾卡斯！」教官朝著正把一個跌倒在地的小怪獸扶起的艾爾卡斯喊道：「你駕馭過石頭馬車吧？」

「嗯，我在農場學過，」艾爾卡斯不安地看著古厲丹教官，「教官你要？」

「大家集合！」古厲丹教官把小怪獸們聚集起來，「現在開始，我把隊伍的領導權交給艾爾卡斯，你們全部都要聽從他的指揮，聽見了嗎？」

小怪獸們你看看我，我看看你，露出不解的表情。

「你的任務是盡可能帶著所有小怪獸逃回怪獸村求援，」教官看著故作堅強的艾爾卡斯說：「我來拖住這群野獸，幫你們爭取逃脫的時間。」

「不行，牠們數量太多，你一人應戰太危險了。」艾爾卡斯搖頭拒絕。

「你也太小看我了吧？」古厲丹教官抽出短劍，「如果擔心我陷入危機，那就趕緊帶著大家按原路回村求援。」

「可是……」艾爾卡斯神情痛苦，不知該如何是好。

「沒時間可是了，」教官平靜地說：「如果一起撤退，最大的機率就是全體被追上；但如果你們撤退，損失可以降到最低，我也有機會活下來。」

「可是……」艾爾卡斯仍然肩膀顫抖，猶豫著。

古厲丹教官看了艾爾卡斯一眼，便轉身往蛇幼群的方向走去，留下一句話：「夥伴的安全，取決於你的一念之間！」

艾爾卡斯看著教官的背影，又轉頭看看面露無助的夥伴們，咬了咬牙，跑向馬車前座，對著大家喊：「所有小怪獸上車，我們撤退！」

Chapter 50 絕境

一輛石頭馬車正在綺光森林中，以不尋常的速度穿越茂密的樹林和曲折的小徑，駕駛座上是一名看起來歲數不大的小怪獸；好幾次馬車都差點撞上路邊的樹木與岩石，但他仍然握緊韁繩，命令石頭馬全速疾馳；直到馬匹發出疲憊的嘶鳴聲，艾爾卡斯確認沒有蛇幼群追擊的跡象後，才停下了馬車。

「唉……」艾爾卡斯照料著石頭馬，轉頭看向車裡瑟瑟發抖的小怪獸們，無奈地搖搖頭，心想：「為什麼是我？」

其實，艾爾卡斯並不比其他同伴年長，也只是個即將滿七歲的小怪獸，卻不得不接受這個沉重的任務——帶領同伴撤退，並尋求救援。

「喬納，幫我清點一下人員跟傷勢，」艾爾卡斯想了一下，又說：「還有奧斯納德，看一下地圖，確認我們距離怪獸村還有多遠。」

「好……」喬納與奧斯納德強忍住因馬車疾馳所造成的暈眩，按照艾爾卡斯的指揮進行檢查。

「我們不繼續趕路嗎？」喬納忍不住發問。

「我也很想趕快出發，」艾爾卡斯勉強露出微笑，試圖安慰大家，「只要再讓石頭馬休息一下，我們就立刻動身。」

「好吧，安提娜……輕傷，奧斯納德……沒有受傷……洛可可……」喬納愣住，點名的小手停在空中。

「還好嗎？等會兒就能繼續趕路了。」保持警戒的艾爾卡斯，坐上駕駛座。

「洛可可不在車上！」喬納緊張地大喊：「不只洛可可，蓋比、蘿拉瑞爾跟巴米爾都脫隊了！」

「……」艾爾卡斯強做冷靜，詢問奧斯納德：「我們距離怪獸村還有多遠？」

「誰知道啊！」奧斯納德的聲音從馬車傳出，「裡頭亂成一團，我還沒找到地圖！」

「算了……」艾爾卡斯低頭思考了片刻，「不用找了，我們直接出發。」

「那洛可可他們怎麼辦？」安提娜不顧被蛇幼咬傷的手臂，跑過來抓著艾爾卡斯的肩膀。

「我們的任務是回怪獸村求援，只要怪獸村的支援過來，就能救出教官，」艾爾卡斯背對著安提娜，「放心，洛可可他們的目標比較小，到時候我會跟救援隊一起騎著快馬來搜尋。」

「嗯……」儘管不情願，安提娜還是咬著下唇，回到座位。

「大家坐好，我們要一路直奔怪獸村了！」艾爾卡斯大喝一聲，甩動轡繩，馬車的車輪再次轉動，往怪獸村的方向疾駛。

幽藹沼澤一帶，地上佈滿蛇形的屍體，一名光頭戰士正與上百頭蛇幼對峙，他揮舞著沉重的短劍，持續斬殺進逼的蛇幼，動作瀟灑而迅捷。

「呼……」額頭冒汗的古厲丹教官在斬殺一頭蛇幼後，喘著粗氣道：「就憑你們這群畜牲，也想挑戰古厲丹？」

「嘶！」蛇幼群雖然被震攝，仍然朝戰士撲來。

「**喝！**」教官用盾牌擋住面前蛇幼的撞擊，看準時機，再次斬殺一頭試圖從右側張嘴咬來的蛇幼。

雖然蛇幼對於怪獸村的勇士並不足以構成威脅，但在面對數十甚至上百頭的蛇幼圍攻下，就算古厲丹教官是名身經百戰的勇士，也逐漸感到力不從心。

「艾爾卡斯他們應該暫時安全了，」古厲丹教官以短劍指著蛇幼群，一邊往森林區域後退，一邊思考：「我得保存體力，盡量支撐……」

「嘶……」似乎看出戰士的疲態，蛇幼群迅速包圍住古厲丹，試圖用數量的優勢來消耗對手。

一頭蛇幼率先衝向古厲丹，古厲丹閃避的同時揮出一劍將其斬殺；同時，另一側又有一頭蛇幼往他的脖子咬來，教官舉起臂盾，使用盾擊將其擊昏，突然右腳感到一陣刺痛，古厲丹怒吼一聲，將右腳上的蛇幼抓起，狠砸在地，自己卻也因為無力支撐而半跪在地；蛇幼群見狀再次圍了上來，張開血盆大口，像是在慶祝著勝利。

「呼……呼……」右腳滲著血的古厲丹雖然無法移動，但強烈的鬥志卻讓手中的短劍握得更緊：「以為這樣我就認輸了嗎？再來！」

「嘶！」蛇幼群再次一擁而上，古厲丹教官右手刺出一劍，擊殺為首的蛇幼，但手臂隨即又被其他蛇幼咬住，他強忍疼痛，左手從腿部抽出匕首，往蛇幼頭部一刺，後者隨即鬆開大嘴，癱軟滑落；只是還來不及喘息，又來兩隻蛇幼，同時往古厲丹的脖子咬來。

「可惡……到此為止了嗎？」只剩左手左腳能行動的古厲丹，閉上雙眼，準備迎接自己的結局。

突然，兩道閃光從半跪的戰士身後掠出，接著，兩頭受傷的蛇幼便退縮了回去。

「嗯？」原本預期被咬中頸部的痛楚並未發生，古厲丹教官疑惑地睜開眼，正好看到一瓶紅色的藥水拋了過來，下意識地接過後，他睜睜地看著前方，發現一個雙持匕首的小小背影。

「教官，這是地精調製的紅藥水，治療效果很好喔！」

Chapter 51
蛇吞怪

幽藹沼澤與綺光森林交界處，半跪在地的光頭教官呆愣著望著手上接到的紅色藥瓶，在他身前，雙持匕首的小怪獸，正賣力地擊退進逼的蛇群。

「洛可可？」古厲丹教官不敢置信地確認著。

「X斬！」小怪獸雙手並用，在一頭撲來的蛇幼頭上，留下「X」的傷痕，一邊盯著蛇幼群，一邊側身回應：「當然！怪獸村使用兩把匕首的小勇士，除了我還有別人嗎？」

「可是，你……我不是……」教官神情恍惚，以為是自己失血過多所產生的幻覺。

「剛才大家慌慌張張的，」洛可可後退一步，閃過朝小腿咬來的蛇幼，再順勢將牠踢出，轉頭看向教官，「但冷靜之後，我們認為只要讓艾爾卡斯帶著其他受傷或是比較弱的同伴回去求援就夠了，戰力比較強的我們，就決定回來幫你爭取時間。」

「你們？」古厲丹教官握著藥瓶，還沒有搞清楚狀況，一聲「砰！」的巨響，另一個身形較胖的小怪獸，揮舞著釘頭槌加入戰局。

「蛇肉醬！」蓋比用盡力氣，一槌將三頭蛇幼橫掃出去。

「呼……蓋比會算術，一把劍沒辦法切一百條蛇，」蓋比微微喘氣，舉起釘頭槌，「所以蓋比也來幫忙。」

「蓋比？」古厲丹教官睜著大眼，看著另一名守護在他身前的小怪獸。

「我來負責治療，」一個女孩的聲音傳來，蘿拉瑞爾把戰士手中的藥瓶拿起，開始處理他的傷口，同時對著與蛇幼群對峙的洛可可與蓋比大喊：「你們兩個男生先撐著，我包紮完就來！」

古厲丹教官露出寬慰的微笑，靜靜地接受治療。

三位小勇士的出現減輕了古厲丹教官極大的壓力，緊密合作的洛可可、蓋比與蘿拉瑞爾，在他身前築起一道堅固的防線；洛可可閃避蛇幼的攻擊，並以匕首施展敏捷的連擊，一刀接一刀地將蛇幼斬退；高舉釘頭槌的蓋比，每一次槌擊都將蛇幼砸得七零八落；蘿拉則以靈巧的劍法，穿梭於蛇幼之間，針對蛇群的弱點將牠們一一擊倒。教官欣慰之餘，發現手腳的傷口已經止血，且不再感受到痛楚，隨即拾起短劍與匕首，走向前線。

此刻，戰鬥場面愈發激烈，小勇士們以勇氣和技巧，守護著彼此，將蛇幼群一一擊散；儘管傷口尚未完全恢復，古厲丹教官依然堅定不移地站在前頭，與小勇士們並肩作戰，展現指揮作戰的能力；終於，蛇幼群放棄攻勢，慢慢往沼澤中心的方向退去。

「怕了吧？」洛可可主動向前追擊幾隻不甘撤退的蛇幼：「還不快回去！」

「等一下！」察覺到異樣的古厲丹教官叫住洛可可，豎起耳朵傾聽著，「你們有沒有聽到什麼聲音？」

「什麼聲……嗚哇！」蓋比還沒說完，地面突然發出劇烈的震動，連樹木也開始搖曳，沼澤中的泥漿更是四處濺射，彷彿有什麼巨大的存在正逐漸靠近。

「你們三個，快過來。」古厲丹教官臉色大變，把三個小怪獸拉近身邊。

突然間，一頭褐色巨蛇挾帶著恐怖的氣勢從沼澤中竄起，張著血盆大口，朝小怪獸們襲來。

「快退！」教官一邊用臂盾抵擋飛濺而來的石塊，同時帶領其他小怪獸向安全地帶移動，試圖遠離巨蛇的威脅。

「那……那是什麼？」洛可可緊張地連話都說不清楚，只得跟著教官死命地撤退。

「完全體的蛇吞怪……會把獵物吞下肚裡慢慢消化，我們勝算太低……先到林中躲起來！」教官引導小怪獸們躲入森林，並在心中盤算著如何全身而退。

然而，蛇吞怪並沒有放慢追擊的腳步，牠張開巨大的口器，不斷咬碎沿途的樹木與岩石，就像個會移動的山脈，碾壓著一切阻擋在前的障礙物。

在蛇吞怪的追擊之下，小怪獸們全力在林中奔跑，但由於身形較胖，開始感到疲憊的蓋比，逐漸放慢了速度，「我……我跑不動了……」

「不准停下來！」古厲丹教官立刻回頭，伸出有力的手臂抓住蓋比，強迫他向前奔跑。

「快……快……」洛可可與蘿拉瑞爾相依著穿越茂密的森林，不停閃避蛇吞怪的攻擊；面對追擊者的速度，小怪獸的逃脫略顯緩慢，雙方的距離持續縮短；在這關鍵時刻，蘿拉一不小心被樹根絆到，跌倒在地。

「蘿拉！站起來！」古厲丹教官放開蓋比，朝蘿拉的方向跑去，一邊大喊，蘿拉吃力地爬了起來準備繼續奔跑，突然脊背一涼，便像個雕像般停在原地。

「嘶……」蘿拉僵硬地轉過頭，映入視野的是一個巨大的頭顱，蛇吞怪已經追上，大嘴吐著冰冷的氣息，貪婪地準備將獵物吞入肚裡。

「蘿拉！」古厲丹教官焦急地大吼，但蘿拉顫抖的身體已經不受控制，她露出絕望的神情，聽見自己急促的心跳，思緒一片混亂。

「快逃啊！」就在蛇吞怪張口襲來的瞬間，一個聲音引起了蘿拉的注意，她看見洛可可飛撲而來，將自己推開，但下一刻，那小小的身影便隨著蛇吞怪「咕咚」一聲，消失在視線範圍。

Chapter 52 信件遺失的真相

陰暗潮濕的洞穴裡，充斥著黏稠的液體與腐爛的氣息，光滑而黏膩的肉色牆壁，往看不到盡頭的深處延伸，一個身軀沾滿著黏液的小怪獸，一動也不動地躺在這個空間；不知道過了多久，在震動與淒厲的嘶吼聲中，他慢慢恢復了意識，勉強起身，卻又因突如其來的晃動再次跌倒。

「嗯……我在哪裡？」洛可可勉強適應著不規則的震動，一邊觀察著四周：「這是夢嗎？」

昏暗的環境下，洛可可感受到從身後發出的光芒，手臂一抓，將靈杉射手拿到胸前，上頭的精靈符文正微微閃耀著光芒。

「原來這個符文會發光。」洛可可舉起靈杉射手照向前方，試圖將周遭環境看得更清楚一些。「噁！」洛可可倒抽一口氣，映照在眼前的竟是濕潤且滑膩的肉壁！

「我想起來了……這裡是蛇吞怪的肚子……」震驚的洛可可，癱軟地坐了下來。

當洛可可推開蘿拉瑞爾時，突然感受到一股強烈的壓迫感，還來不及掙扎，巨大的壓力便使他失去知覺，再次恢復意識時，已然身在蛇吞怪的肚裡。

「不知道教官他們怎麼了？」呼吸著稀薄的空氣，絕境中的洛可可自言自語著。

「消息傳回怪獸村，爸爸媽媽一定會很難過……」想到家人，洛可可不禁掉下眼淚，「至少這次我保護了同伴，沒讓他們遭遇危險……」洛可可放棄抵抗，直接躺了下來，閉上眼睛，感受著消化液滲入皮膚的刺痛。

「轟隆！」又是一次劇烈的晃動，把洛可可狠狠地甩到肉壁邊緣。

「唉呦！」洛可可跌跌撞撞地爬了起來，拔出匕首，惱怒地對著深處大吼：「想消化我就來啊！晃什麼晃？」

「轟隆！」晃動並沒有停止，洛可可再次被甩到另一側。

「可惡！這隻臭蛇！」洛可可憤怒地刺著肉壁，卻無法造成任何傷害。

「可惡可惡可惡！」洛可可咒罵著，但隨即又被一連串的晃動震倒在地，他索性直接趴在地上，持續刺擊著肉壁。

「嗯？」洛可可的匕首，猛然停在空中，「如果我的夥伴們都逃脫了……放棄追擊的蛇吞怪，應該會慢慢退回沼澤……但現在震動卻越來越劇烈……」

「轟隆隆！」震動還在持續，冷靜下來的洛可可，緩緩將匕首收回腰間，對自己說：「教官他們為了救我，一定還在外面奮戰！」

想到這裡，洛可可重新打起精神，「夥伴們都還在努力，我怎麼能放棄呢？」

依靠意志力撐起身軀的洛可可，努力保持冷靜，試圖在黑暗中尋找逃脫的希望，第一步，就是取回剛才因劇烈晃動而掉落的靈杉射手。

「嗯？」往精靈符文發出的微弱光線瞥去，洛可可注意到，除了靈杉射手外，還有一些已經被蛇吞怪消化的殘骸。

「我絕對不要變成這個樣子。」洛可可撿起靈杉射手，忍不住將目光看向殘骸。

「或許裡頭還有些可以利用的物品，看一下吧……」洛可可往失去生機的殘骸靠近，這些生物跟他一樣，曾經是蛇吞怪追逐的獵物，現在卻成了滋養蛇吞怪的養分。

「這些一片一片的東西……好像比較難被消化。」洛可可撥弄殘骸，試圖找出絲毫的線索與幫助，就算是能減緩消化液腐蝕速度的物品也好；在殘骸底部，他摸到了一疊疊肥厚的葉片。

「洛登尼斯村，洛特科瓦先生收。」透過微弱的光線，洛可可勉強辨識出葉片上用通用語寫著的文字。「給爸爸的信，為什麼會出現在這裡？」洛可可煩躁地將葉片甩到一旁，突然好像想到了什麼，將其他書寫葉拿到光線下。

「勇士學園，喀斯伊恩校長收……我知道了！這是郵差蝸牛的殘骸！」整疊書寫葉，從吃驚的洛可可手中滑落。

「原來……阻礙怪獸村跟其他村落聯繫的兇手，就是你這條臭蛇！」洛可可忿忿地往肉壁踢了一腳，但除了持續的不規律晃動之外，什麼事也沒發生。

「或許這裡還存在著跟我一樣，沒被消化的生物或是道具？」洛可可把書寫葉收進儲物袋，往自己的臉頰用力拍了拍，「我可是怪獸村的第一小勇士，絕不會放棄！」

整裝完畢的小怪獸，高舉著發光的弓，堅定地往深處邁進。

Chapter 53 反擊的契機

「洛可可！」在目睹洛可可為了拯救自己而被蛇吞怪吞噬後，蘿拉瑞爾的情緒劇烈波動著；憤怒與焦慮交加的她奮不顧身地衝向蛇吞怪進行報復，但這樣的行為卻只是讓自己更加陷入險境。

「吼！」蛇吞怪龐大的身軀一甩，狠狠地把蘿拉往蓋比的方向撞飛。

「把洛可可吐出來！」蘿拉的身軀用力撞在蓋比胸前，她不顧傷勢，立刻再度向前奔去。

「抓住她！」古厲丹教官大喝一聲，蓋比立刻壓制住失去理智的蘿拉，「蘿拉妳冷靜一點！」

「我要救洛可可！」蘿拉的眼中充滿淚水與憤怒，惡狠狠地盯著前方的巨獸。

「冷靜下來，」教官迅速移動到蓋比與蘿拉身前，「妳仔細回想，洛可可被吞下去的時候有外傷嗎？」

「都是我……洛可可都是為了要救我……」蘿拉喘著氣，像是在對自己說話。

「看著我！」古厲丹教官雙手搭在蘿拉肩上，眼神堅定，「洛可可被吞噬時，有血跡嗎？」

「沒……應該沒有……」稍微恢復理智的蘿拉努力回想，「洛可可應該是直接被吞下去……都是我害的……」

「這不是你的錯，」教官打斷蘿拉的話，「洛可可是個勇敢的小怪獸，保護妳是他做出的選擇；現在，我們必須集中精神，引誘並拖延住蛇吞怪，等待援軍趕到，再集合大家的力量救出他。」

三人重新集結陣型，握緊手中的武器，望向眼前張著血盆大口的巨蛇。

身處蛇吞怪陰暗且潮濕的肚子裡，洛可可感到一股前所未有的孤獨與無助，透過靈杉射手映照出的光線，他摸索著，試圖找到出口或是蛇吞怪體內的脆弱之處。

「到底走多久了？一點有用的東西都沒找到……」洛可可自言自語著。

在這個被隔絕且越來越狹窄的環境中，時間觀念似乎變得模糊，意志也持續受到考驗，要不是有家人、教官和夥伴、以及充滿歡笑的怪獸村與勇士學園的畫面時而浮現腦海，或許洛可可早已放棄了希望。

憑藉這些美好的回憶，洛可可持續挹注信念，一步步向前走去；終於，他來到一個較大的空間，在這裡，他能稍微伸展一下四肢，不再感到那麼壓迫。

「咕嚕咕嚕……」

聽到肚子的聲音，洛可可才意識到自己餓了，畢竟經歷了蛇幼群的戰鬥、與被蛇吞怪一口吞下……直到現在，他已經好久沒吃東西。

「餓了……」洛可可把手伸進儲物袋，摸了老半天，只找到幾根黃瓜，無奈地掏出，「嘎吱」咬了一口。

「好想吃地精熱狗喔……」洛可可一邊幻想著地精熱狗，一邊大口啃著黃瓜。

「嘎吱……嘎吱……」清脆的聲音在蛇吞怪的體內迴響。

「沙……沙……」遠處傳來沙沙的聲音。

「什……什麼聲音？」洛可可停下動作，一手舉起靈杉射手，試圖將光線照遠一些。

「沙……沙……沙沙……」聲音越來越近，越來越近，洛可可的心跳聲撲通響個不停。

「是誰在哪裡？出來！」洛可可靠在角落，做出警戒的姿勢。

「沙……沙……」隨著聲音靠近，微弱的視線範圍內，慢慢出現了一群土黃色的球型生物。

「什麼嘛……」洛可可鬆了一口氣，把靈杉射手放下，「又是你們，郵差蝸牛。」這群奄奄一息的郵差蝸牛，想必也是在之前被蛇吞怪攔截吞下的，而在聞到黃瓜的香氣後，竟被吸引過來。

「你們看著我做什……」洛可可盯著眼前這群郵差蝸牛，頓了一下，把黃瓜抱在胸前。

郵差蝸牛群並沒有退下，仍然緊盯著他手中的黃瓜。

「不行！這是我的食物。」雖然洛可可解釋，但郵差蝸牛們並沒有任何反應。

「唉……」看著動也不動盯著自己的蝸牛們，洛可可思考了片刻，最終還是心疼地掰斷幾塊黃瓜，餵食著這些郵差蝸牛。

「只有這些喔！剩下的我得省著吃……」雖然知道郵差蝸牛聽不見，但洛可可還是自顧自地說著。

「吱呀」一聲，吃著黃瓜的蝸牛群，反射性地把殼給打開，露出裡面的信件。

「不用打開啦，反正不會有我的信。」洛可可苦笑了一下，突然想到古德爺爺曾說的話：

「把食物給牠，殼就會打開，從裡面拿出你的信就好，你應該看得懂自己的名字吧？千萬不要亂拿別人的信，不然牠可是會生氣的喔！」

「或許，這就是逃出去的辦法……」想到這裡，洛可可索性把所有的黃瓜掰斷，撒在地上，試圖將所有殘存的郵差蝸牛都吸引過來。

「嘿嘿……不知道你們生起氣來，會是什麼樣子？」洛可可心中湧現出一個大膽的念頭。

Chapter 54 一個大膽的計畫

在不時晃動的蛇吞怪肚裡，一名小怪獸正將掰斷的黃瓜撒在地上，在他周圍，有一小群球形生物正圍繞著。

「來來來，大家都有份！」洛可可招呼眼前的郵差蝸牛，又朝著視線能及最遠之處的郵差蝸牛揮著手大喊：「快來，這可是你們最愛吃的黃瓜喔！」

在飢餓感的驅使下，終於，奄奄一息的郵差蝸牛群以洛可可為中心，紛紛搶食著地上的黃瓜，並本能地打開背上的硬殼，看著這些信件，洛可可決定展開一個大膽的計畫。

「讓我看看，有沒有我的信？」洛可可若無其事地翻弄著其中一隻郵差蝸牛攜帶的信件，「沒有，那這隻呢？」

挨餓許久的郵差蝸牛，正專心啃食著黃瓜，並未理會洛可可；眼看時機成熟，

「唰」的一聲，洛可可突然一把將其中一隻郵差蝸牛背負的信件全數取出，這隻郵差蝸牛顯得有些錯愕，抬起頭，直勾勾地盯著洛可可。

「唰唰唰唰唰！」洛可可並沒有停下，而是以最快的速度在蝸牛群中穿梭，並將殼中的信件都塞進自己的儲物袋後，跳到牆邊，挑釁地看著停止進食，還搞不清楚狀況的郵差蝸牛。

「這些都不是給我的信，」洛可可拍著自己的儲物袋，「但我要拿走囉！」

很快地，郵差蝸牛看向洛可可的眼神從茫然轉為憤怒，開始發出嘶嘶聲、觸角不斷抖動、螺旋形的硬殼也閃爍著危險的光芒；洛可可猜想這應該是蝸牛們生氣的表現，也表示自己的時間不多，必須迅速行動。

「有什麼關係嘛，反正……」**「砰！」**話說到一半的洛可可，突然往旁邊撲開，有驚無險地躲過一隻全身捲曲在殼內，如同閃電般撞擊過來的郵差蝸牛。

「呃……你們平常送信，好像沒有這麼快吧……」看著肉壁被撞得崩裂，並散發出腥臭的洛可可，額頭冒出冷汗。

「砰！」又是一聲巨響，另一隻郵差蝸牛將身體拉伸成長條狀，毫不留情地彈射而來，洛可可閃避不及，被撞飛十幾步的距離。

「嗚……痛死了……」洛可可跪在地上，郵差蝸牛的撞擊力道之猛，讓他幾乎無法呼吸。「爺爺……你怎麼沒跟我說……他們生起氣來……這麼可怕啊……」

此時，憤怒的郵差蝸牛群已經靠近洛可可，尖銳的嘶嘶聲，似乎在逼迫洛可可把信件交出來。

「算了……痛才好……」洛可可勉強站起身，從儲物袋中拿出信件，喃喃自語著：「痛才有用，對吧？」

「嘶嘶……」蝸牛移動到洛可可身前，把殼打開示意其將信件歸還。

「不就是別人的信嘛……」洛可可作勢要將信件放回殼中，突然，他猛地翻身跳過蝸牛殼，頭也不回地拔腿狂奔，一邊大喊：「想要拿回信件，就來追我啊！」

在綺光森林，古厲丹教官、蓋比、蘿拉瑞爾正奮力拖延著蛇吞怪。

「**碎！**」被蛇吞怪一尾掃出的古厲丹，在地上翻了幾圈後，立刻起身，再次舉起短劍向前衝去，「拖住牠！」

「蛇腹肉！」蓋比舉起釘頭槌，趁著空檔瞄準蛇吞怪的肚子發動猛烈的攻擊，然而，他的攻擊不但無法造成傷害，反到將蛇吞怪的注意力集中到他身上。

「蓋……蓋比不好吃……」看著冷冷盯向自己的巨蛇，緊張的蓋比癱軟地跌坐在地。

「咻咻咻！」破風聲傳來，恢復冷靜的蘿拉敏捷地穿梭在樹叢間，朝蛇吞怪的頭部發射弓箭，被干擾的蛇吞怪再次憤而轉向箭矢飛來的方位。

「站起來！」繞到蓋比身後的古厲丹教官，朝著他的屁股踢了一腳，又急忙衝去支援蘿拉。

面對這個強大的怪物，三人明白自己的力量不足以將其擊敗；然而，他們卻毫不退縮，因為知道自己的目標並不是消滅蛇吞怪，而是盡可能地拖延時間，直到援軍趕來。

「吼！」蛇吞怪發出震天的吼聲，再次發動進攻。

在感覺不到盡頭的戰鬥中，古厲丹教官、蓋比和蘿拉為了洛可可苦苦堅持，不因為自身的傷勢和疲憊退縮，突然，「嘶」的一聲，蛇吞怪露出疼痛的表情，攻勢居然瞬間停了下來。

「發……發生什麼事？」看著面露痛苦的蛇吞怪，蘿拉焦急地問著。

「呼……呼……難道是我的蛇腹肉……發揮功效了？」蓋比盯著手中的釘頭槌，狐疑地說。

「呼……不……應該不至於……」古厲丹教官用劍支撐著疲憊不堪的身軀，緊盯著面前顫抖著身軀的巨蛇。

「不好！」發現蛇吞怪居然放棄攻擊，扭頭往沼澤區退去的古厲丹教官，連忙大喝：「雖然不知道發生什麼事，但我們一定要拖住牠！」

攻守交換，體力幾乎透支的三人，開始往蛇吞怪撤退的方向展開追擊。

Chapter 55 援軍

巨大的轟鳴聲響徹蛇吞怪的胃腔，一群郵差蝸牛正悶鳴著朝一名小怪獸發動攻勢；在這關鍵時刻，洛可可憑藉著「終極閃避」所培養的技巧極力閃躲，雖然多數的攻擊都被他閃開並導向蛇吞怪的胃壁，但其嬌小的身軀仍承受了不少次的衝擊。

「繼續呀……」洛可可抹去嘴角溢出的鮮血，勉力爬起，小手緊握著整疊信件，「不打倒我，就拿不到信！」

「拖住牠！」

綺光森林與幽藹沼澤交界處，古厲丹教官正與蘿拉、蓋比追擊著試圖撤退的蛇吞怪。

「不能讓牠逃回沼澤，否則洛可可就……」心急如焚的蘿拉，跳上蛇吞怪身軀，拼命攻擊著巨蛇的尾部。

「唔……停下來啊……」此時的蓋比早已拋掉釘頭槌，雙手緊抱蛇吞怪的尾巴。

無奈的是，雖然蛇吞怪不時會露出痛苦的神情並停下片刻，但三人還是無法阻止牠的動向，轉眼間，戰局已經從森林轉移到沼澤邊。

「停下來！」古厲丹教官搶先一步站到沼澤前，對著蛇吞怪大吼。

「我是勇士學園的教官古厲丹，」一面對體型大上自己數十倍的怪物，教官絲毫沒有懼色，「你這頭畜生休想帶走我的學生！」

「嘶……」蛇吞怪夾雜著痛苦與輕蔑的神情，盯著眼前這個渺小的生物。

「想帶走洛可可，」教官已然做好犧牲自己的打算，擺出戰鬥姿勢，「必須先殺了我！」

「吼！」憤怒的蛇吞怪張開血盆大口往古厲丹襲來，教官也全力衝刺，瞄準蛇吞怪的上顎試圖揮出最後一擊。

「教官！」趕上的蓋比與蘿拉焦急地喊著。

「嘶……嘶……」

然而，蛇吞怪的動作嘎然而止，身軀先是顫抖，接下來便劇烈扭動著並發出痛苦的哀號，三人雖然疑惑，但仍警戒地觀察著。

在疼痛與不適的驅使下，蛇吞怪的嘴巴越張越大，像是要吞下整片天空一般，隨即在一陣強烈的扭動中，嘔出了大量的液體和物質。

「啊！不要再打了，我認輸，信還你們！」一個狼狽的小怪獸從黏液中爬起，將一疊信件向前拋得遠遠的，接著，許多球型的生物便往信件的方向追去。

「洛可可？」教官不敢置信地看著眼前黏糊糊的小怪獸。

「呸呸呸！好噁心啊！」洛可可一邊吐口水，一邊甩著身上的黏液。

「洛可可！」蘿拉跟蓋比跑過來抱著他，「還好你平安無事！」

「當然，我可是怪獸村的第一小勇士耶……」洛可可一邊說，一邊試圖掙脫：「好了啦……我現在很臭耶……」

「是你在蛇吞怪肚子裡搗亂，逼得牠不得不把你吐出來？」稍微恢復理智的教官，一邊思索，一邊詢問。

「當然囉！」洛可可大口呼吸著新鮮的空氣，指著追到信件，正互相把信件放回彼此殼裡的郵差蝸牛群，「也多虧了那群蝸牛。」

「你在說什……等等！」教官搖了搖頭，突然神情再次嚴肅起來，趕到三人身前，舉起短劍。

「嘶……嘶……」沒有了郵差蝸牛在肚裡橫衝直撞，蛇吞怪似乎開始調養傷勢，但仍死死盯著洛可可一行人，眼睛像是要噴出火焰一般憤怒。

「雖然洛可可成功逃脫，」教官站在隊伍前面，小聲說著：「但……算算時間，艾爾卡斯他們可能才剛抵達怪獸村……」

「也就是說……」蘿拉表情凝重：「我們還得堅持一倍的時間嗎？」

「不行……」兩手空空的蓋比搖著頭，「蓋比沒有槌子，也沒有力氣了……」

「那怎麼辦……」即便是古靈精怪的洛可可，一時之間也想不出其他辦法。

「你們三個表現得很好，教官以你們為榮，」古厲丹教官頭也不回地向前走去，「維持原定計畫，我拖住牠，你們往怪獸村撤退。」

「不行！」洛可可拿出匕首向前跟去，「教官你不要總是想著犧牲自己好不好？我連被牠吞下肚時都沒放棄呢！」

「那你說說，現在該怎麼做？」教官語氣堅決，沒有停下腳步。

「就……就……總會有辦法啊！」洛可可轉頭對著蘿拉與蓋比喊著：「你們也快想想啊！」

「哪有什麼辦法……」蓋比沮喪地垂著肩膀，突然愣了一下，抬起頭看著後方的森林，「那是什麼聲音？」

「好像真的有聲音傳來……」蘿拉閉上眼睛，仔細聆聽，「聽起來好嘈雜……數量很多……還發出嗚……嗚拉……嘎……的聲音？」

「嗚拉拉嘎嘎！」聽到這似曾相識的話語，蓋比和洛可可眼神一亮，異口同聲地喊出來，嚇了蘿拉跟古厲丹教官一跳。

「好……好像是吧……」蘿拉點了點頭，不明白這有什麼意義。

「教官快回來，」洛可可上前把古厲丹教官拉住，蓋比也跟了上來，一人一手地將他拉回隊伍。

「你……你們！」教官有點惱怒，「還不快撤退！等牠恢復傷勢，就來不及了！」

「對啊，」洛可可嘴角露出微笑，「等牠恢復傷勢，就來不及打扁牠了！」

「嗚拉拉嘎嘎！」

「嗚拉拉嘎嘎！」

「嗚拉拉嘎嘎！」

隨著吆喝聲越來越近，一群手持長矛、全副武裝的地精守衛從樹林間衝出，氣勢激昂；然而，在隊伍最前面，卻站著一個身形瘦小，綠色頭髮，灰色皮膚的小怪獸。

Chapter 56 攻守交換

當古厲丹教官將指揮權轉交給艾爾卡斯時，小巴便開始在心中計算著時間與距離：「不行……石頭馬跑得再快，恐怕教官還是支撐不到援軍趕來的時刻……」

他下意識地望向馬車，心中閃過一個念頭：「我的目標比較小，如果單獨行動，或許……有機會在不被發現的狀況下，爭取其他後援！」

「所有小怪獸快上車，我們撤退！」艾爾卡斯跑向馬車前座，對著大家呼喊的同時，小巴已經迅速取走馬車裡的地圖，孤身前往地精村求援。

明白自己並不擅長戰鬥的小巴，在樹林裡隱匿前行，盡可能避開在沼澤區遊蕩的蛇幼；只有在不得已的情況下，他才會拿起弓箭，從遠距離將落單的蛇幼擊殺。

「差不多快到了……」小巴趴在樹上，將確認好的地圖收回儲物袋，突然，遠處傳來一聲轟鳴，小巴差一點就因震動而掉了下去。

「情況不對……只能拚了！」小巴心頭一緊，靈活地跳下樹枝，不在乎是否會被蛇幼發現，全速朝著地精村的方向飛奔而去。

地精村口，幾名穿著輕裝的地精守衛正在執行例行性的巡邏工作。「救命啊！」一句通用語的呼喊，打破了原本的寧靜，守衛們向前望去，只見一個小怪獸拼命向前狂奔，後面還有十幾隻蛇幼正追擊著。

「嘎嘎蛇！」守衛們互看一眼，便拿起長矛前往支援，僅僅片刻的時間，蛇幼便落荒而逃。

「呼……呼……」小巴彎著腰，喘著粗氣，為了盡早趕到地精村，他險些成為了蛇幼的食物。

「勇士學園，」小巴向地精守衛們指著自己，用不太熟練的通用語進行溝通：「多，蛇，救命！」

「嘎嘎？」守衛們似乎不理解眼前這個比手畫腳的小怪獸。

「蛇！救命！」小巴焦急的喊著，把地圖攤出來，指著他們遇襲的位置。

「嘎？」雖然周圍的地精越來越多，但卻沒人聽懂小巴的求救訊息。

「小朋友，今天是勇士學園的校外教學吧？」絕望的小巴突然聽到了熟悉的怪獸語，往聲音的方向看過去，一名頭戴奇特帽子，身穿長袍的年邁地精走了過來，目光充滿智慧，地精們看到老者，也自覺地低下頭，分站兩排。

「您，您一定是村長吧？」小巴如同抓住救命稻草一般，用怪獸語開始向老者解釋事情的始末。

「蛇幼群啊……我明白了。」村長思索片刻，用地精語向旁邊的隊長吩咐幾句，隊長便離開人群。

「謝謝村長！」小巴面露感激，「請盡快營救我們的教官！」

「好，我們整裝後立刻動身，」村長緩緩說道：「小朋友，你叫什麼名字？」

「巴米爾。」

「巴米爾小朋友，你很勇敢，」村長笑了笑，「既然已經知道教官的位置，你就先去休息吧，接下來交給我們就好。」

「不，」小巴搖頭，「謝謝村長好意，我剛從沼澤區過來，知道什麼路線的野獸較少，請讓我帶路進行支援。」

村長望著小巴，眼中流露出一絲欣慰，此時，地精隊長已經集結了數十名全副武裝的守衛，威風凜凜地站至村長身後；這些守衛，除了個個手持長矛外，有些甚至還背著弓箭與藥瓶。

「好吧，巴米爾小朋友。」村長點了點頭，對著身旁的地精隊長下達命令，並指著小巴，隊長向村長鞠躬後，走到小巴身前。

「小怪獸走，我們跟。」聽到隊長不算流利的通用語，小巴用力點了點頭，率先衝出地精村，地精們則在後方跟隨。

「巴米爾！你怎麼沒跟著艾爾卡斯撤退？還帶著這麼多地精？」看到小巴居然領著一群地精援軍抵達沼澤，蓋比興奮地大叫。

「蓋比？蘿拉？洛可可？你們怎麼也在這裡？」小巴有些不敢置信地看著眼前的三個小怪獸。

「哈……看來我們都沒遵守教官的命令呢！」蘿拉微笑。

「幸好你們都平安無事……」小巴鬆了一口氣，隨即看到遠處一條正喘息著的大蛇，「嗚哇！這……這不是蛇吞怪嗎？你們怎麼會遇上這種怪物？」

「我剛剛還在他肚子裡大鬧一番喔！」洛可可把頭髮往後撥，對小巴發出得意的神情，「厲害吧？」

「開什麼玩笑，一點都不厲害！」小巴瞪了一眼渾身黏答答的洛可可。

「古厲丹，一條小蛇，也打不過，哈哈哈。」地精隊長用生硬的怪獸語對古厲丹教官喊著。

「卡德林……」古厲丹教官露出難看的笑容，「你太弱了，還是在一旁看我表現就好。」

「哼！地精守衛的勇猛……讓你見識！」卡德林隊長高舉左手，身後依次排開的地精守衛紛紛舉起長矛，擺出戰鬥姿勢。

「嗚拉拉……」卡德林隊長左手猛地指向前方的蛇吞怪。

「嘎嘎！」洛可可跟著地精守衛一起大喊，向前方的大蛇發動總攻擊。

Chapter 57 煙火辣椒粉

幽藹沼澤邊，喧嘩聲不絕於耳，隨著卡德林隊長率領著手持長矛與弓箭的地精守衛們進入戰場後，與蛇吞怪的戰鬥也進入了最高潮。

蛇吞怪雖然腹部受到傷勢影響，實力卻仍然不容小覷，牠咆哮一聲，巨大的身軀猛地向小怪獸與地精衝去，地面在震動之下不斷顫抖；地精守衛們則在隊長的帶領下，迅速排列成整齊的陣型，以長矛和弓箭發動攻勢，試圖尋找蛇吞怪的弱點；然而蛇吞怪的表皮濕滑又富有韌性，眾人的攻勢一時無法取得成果，戰局進入了僵持的階段。

「呼……我真的不行了……一直打……沒完沒了……」身處在隊伍前端的蓋比，疲憊地對身旁的洛可可說著。

「我最清楚牠的肚子受到多大的破壞，」洛可可右手握住匕首，盯著蛇吞怪的龐大身軀，後者身軀上隱約還能看到一把短刀沒入體內，「再堅持一下，我們會贏！」

「看來牠好像停止攻擊……」小巴在隊伍後方仔細觀察著稍作喘息的大蛇，突然心頭一緊，用通用語大喊：「大蛇！大攻擊！」

蛇吞怪伸著長長的蛇信，眼神再次變得凌厲，挾帶著如同暴風般的力量向隊伍衝來，似乎想要發出決定勝敗的一擊。

「第一隊，阻擋！」聽到小巴的提醒，卡德林隊長指揮手持長矛的部隊站在前線，彼此緊靠，小怪獸們也趕緊加入隊伍。

「第二隊，射擊！」位於隊伍後方的地精弓箭手整齊劃一地射出一道道箭雨，像一張大網般包覆住巨蛇，但卻無法停止牠的動作。

「蹲低！防守！」眼看無法停下大蛇，古厲丹教官連忙用通用語大吼，隨即與所有人一起壓低身體，準備迎接衝擊。

然而，不畏箭雨的蛇吞怪持續進逼，到隊伍前方時，突然急速停下，身子一扭，比樹幹還要粗壯的蛇尾便施展而出，掃向眾人。

「砰砰砰！」隨著劇烈的聲響，小怪獸與地精們被狠狠擊飛到空中，再重重落下，有些運氣較不好的地精，甚至直接撞上了樹木，昏迷過去。

「可……可惡！」卡德林隊長不顧渾身泥濘，忿忿地爬起，把身邊的地精守衛抓起，一邊大吼：「起來！進攻！」

「這個笨蛋！」古厲丹教官看著負傷卻又前仆後繼的地精守衛，啐了一下口水，只得追上前線，試圖吸引蛇吞怪的注意力。

「看來……我們的氣力還是會先消耗完……」蘿拉焦急地說，眼神露出無奈。

「好不容易才堅持到現在，怎麼可以放棄……嗯……好辣！」洛可可幫眾人打氣，突然被一股辛辣的氣息給干擾。

「那好像是煙火辣椒粉……地精的獨門香料……」蓋比勉強站起身子，朝著辛辣味的方向嗅去，原來氣味是從一個昏迷地精腰間破裂的袋子傳出。

「好辣啊，這種東西加在地精熱狗真的可以吃嗎？」洛可可摀住鼻子，隨後又開始揉起眼睛，「不行，真的太辣了，我連眼睛都要睜不開了。」

「煙火辣椒粉是地精的獨門調料，但辣度太高，直接食用會造成食道灼傷，必須要搭配香草，才可以達到完美的香辛結合。」蓋比一邊解釋，一邊流著口水。

「停！我們還在戰鬥，你怎麼又變成美食家了？」洛可可擦著淚水，突然愣了一下，像是想到什麼，連忙跑去昏迷的地精身旁，解下他的袋子。

「不行！」看到洛可可把袋子拿到自己的面前，蓋比也摀起鼻子，「我就說了要跟香草一起吃。」

「不是要給你吃啦！」洛可可把裝滿煙火辣椒粉的袋子放到蓋比手上，「是給那頭笨蛇吃。」

「給牠？」蓋比疑惑地看了看前方的蛇吞怪，又看了看眼神堅定的洛可可，「怎麼給？」

「數到三，你就把這個袋子往牠頭上丟過去。」洛可可把袋子交給蓋比後，轉頭叮囑蘿拉：「等袋子飛到那條笨蛇頭上時，妳就用弓箭射破它，一定要命中！」

蘿拉思考了一下，堅毅地點了點頭，彎弓搭起弓箭，「蓋比，開始吧！一，二……」

「三！」蓋比用盡最後的力氣，將袋子往蛇吞怪扔出。

袋子越過地精隊伍，持續飛向蛇吞怪。

「就是現在！」洛可可大喊。

「颼！」蘿拉的弓箭發出，在袋子接近巨蛇面門時猛地命中，火紅的粉末隨之四散飛揚。

「**嘶！！！！！**」蛇吞怪發出震耳欲聾的嘶吼，牠的雙眼瞬間被灼傷，而灑落到傷口的辣椒粉，也如同燃燒的火焰般撕裂著牠的皮膚。

雖然不知道發生什麼事情，但經驗老道的古厲丹教官與卡德林隊長發現異狀後，便抓緊機會發起總攻擊，率領地精守衛們一擁而上。

儘管蛇吞怪拼命掙扎，但辣椒粉造成的痛楚已經令牠幾乎無法戰鬥，在眾人的集體攻擊下，蛇吞怪終於哀號著，勉強遁入沼澤深處，消失在黑暗之中……。

Chapter 58 落幕

隨著蛇吞怪的離去，沼澤再度恢復了寧靜。微風輕拂，波光閃爍，彷彿剛才的激戰只是一場惡夢，大夥兒沉默一會兒後，便開始為勝利歡呼。

「這一戰，是我們贏了！」卡德林隊長激動地揮著長矛，與地精守衛慶祝著勝利。

「剛才散開的，是煙火辣椒粉吧？」如釋重負的古厲丹教官大大吐了一口氣，走到洛可可身旁。

「沒錯！」洛可可收起僅剩的一把匕首，「多虧了蓋比的美食知識和蘿拉的弓術，才能打退牠！」

「呵……」教官拍了拍大家的肩膀，露出了讚賞的微笑，「你們真是群瘋狂的小怪獸！」

夕陽西下，大地被染成了橘紅色，一支夾雜著地精與小怪獸的隊伍，走在地精村邊緣的林間小徑；勇士們臉上瀰漫著勝利的喜悅，腳踏堅定的步伐，個個歡欣鼓舞，回憶著方才激烈的戰鬥；當他們走進地精村時，身穿繡有精細紋路長袍的老者，早已站在村口迎接。

「斯奇卡布村長。」古厲丹見到村長，恭敬的鞠躬。

「呵呵……古厲丹，」斯奇卡布村長露出慈祥的笑容，「見到你平安無事，甚好甚好。」

「感謝地精村及時救援，否則我可能……」

「不用謝，地精村跟怪獸村本就是盟友，」斯奇卡布村長打斷古厲丹的話語，指著後方的小巴，「而且，要不是巴米爾小朋友的通知，我們恐怕也不知道你正身陷險境呢！」

「的確。」古厲丹看著遠處正與洛可可一行人互相打鬧的小巴，「這幾個小怪獸雖然年紀小，但很有潛力。」

「真是羨慕喀斯伊恩，居然收了這麼多優秀的學員……」長老再次笑了起來，「休息的場所已備妥，你們先稍事歇息，待我聽完卡德林的報告後，再舉辦慶功宴吧。」

「地精的家，就是這些巨型蘑菇嗎？」蘿拉望著橙色、粉紅色與藍色的巨大蘑菇，發出驚嘆。

「完全……跟我們村裡的木屋跟帳篷不同呢！」雖然小巴算是第二次來到地精村，但直到現在，才有心思注意起周圍的環境。

在地精守衛領著小怪獸們到居所的路上，大夥兒不斷對地精村的景色發出驚嘆；地精的房子是由各種顏色的巨型蘑菇所構成，上頭還點綴著散發柔和光芒的奇幻植物，發光的葉子在微風中輕輕搖曳，宛如在跳舞一般，當太陽落下後，便為村莊提供照明的功能；此外，地精還利用各種顏色的花瓣與石頭佈置村裡的小徑，使鋪設在綠草間的小徑看上去更加繽紛多彩。

「休息，請，晚餐時間，我會通知。」當走到一株紅色巨型蘑菇屋前，守衛停下腳步，用著生硬的通用語解釋著，在古厲丹教官點頭後，這才放心離去。

「稍作休息吧！尤其是洛可可，快去清洗。」古厲丹教官說完，便逕自走入。

「就這樣走進去……蘑菇裡嗎？」蘿拉有點懷疑地望著屋內。

「我也覺得怪怪的……」小巴也遲疑。

「我連蛇吞怪的肚子都去過了，」洛可可把他們撥開，跟上教官，「蘑菇肚子有什麼好怕的？」

「蓋比累了，要休息，等等還要吃地精熱狗！」還沒等蘿拉與小巴站穩腳步，蓋比又從兩人中間擠了過去，兩人對看了一眼，只好緩緩進入屋中。

「嗯，原來蘑菇屋裡面，跟我們的房子也差不多呢。」小巴看著屋內的擺設，一邊喃喃自語著。

小巴說的沒錯，蘑菇屋除了外觀較特殊以外，內部裝潢與一般的木屋差異不大：木質結構的樑柱支撐著圓頂，窗戶則由透明的蘑菇菌絲構成，使得自然光能灑進屋內。大夥兒在蘑菇屋內找了一個較舒適的區域，便坐下來休息。

「古厲丹！」「古厲丹教官！」「教官！」

就在小怪獸們剛開始放鬆時，屋外傳來嘈雜的聲音，洛可可湊到窗邊，原來是艾爾卡斯正與達辛妮教官以及怪獸村的守衛趕來。

「嗨！艾爾卡斯，你順利帶其他小怪獸回村了吧？」洛可可探出窗外，對著焦急的艾爾卡斯問道。

「沒錯，我送其他夥伴安全回村後，就立刻請求支援，但趕到沼澤區時，已經看不到古厲丹教官……咦？洛可可？」艾爾卡斯話還沒說完，發現洛可可正對著他咧嘴偷笑，愣了一下。

「對，就是第一小勇士洛可可。」洛可可把門打開，招呼著救援隊進入蘑菇屋，一邊對艾爾卡斯說：「還有古厲丹教官、小巴、蓋比、蘿拉，大家都平安無事喔！」

「你們當時脫隊，是回頭支援教官嗎？」艾爾卡斯仍有些摸不著頭緒。

「這故事有點長呢，」洛可可把手勾在艾爾卡斯肩上，往屋內走去，「你也休息一下，等慶功宴時再聊吧！」

Chapter 59 慶功宴

傍晚，盛大的慶功宴正在充滿熱鬧與喜悅氛圍的地精村舉行著，村民們在廣場舞蹈、歡呼，向英雄們致意，美食與香料的氣味從長桌上擺滿的食物飄散而出，其中當然也包含了地精村的招牌料理——地精熱狗；大夥圍著長桌，分享著彼此的冒險故事。

「然後啊，」洛可可一邊嚼著地精熱狗，一邊誇張地比劃著：「那些生氣的郵差蝸牛像發瘋一樣亂撞，那隻笨蛇受不了疼痛，只好把我們吐出來！」

「太驚人了……居然遇上蛇吞怪……」艾爾卡斯心有餘悸地說：「你差一點小命就沒了呢。」

「當時要不是為了救我，你也不會被蛇吞怪吞噬，謝謝。」蘿拉先是瞄了一眼坐在角落，不斷把熱狗偷偷塞進儲物袋的蓋比，再對洛可可報以微笑。

「不用客氣，」洛可可從桌上抓了一把烤蘑菇塞進嘴裡，「對第一小勇士來說，這點挑戰才不算什麼！」

「又在吹牛了，」小巴拿了一片生菜，仔細地包住熱狗，咬了一小口，「你當時一定嚇哭了對吧？」

「亂……亂講，我才沒哭！」洛可可焦急地說著，連忙轉移話題，「對了，達辛妮教官呢？怎麼沒看到她？」

「達辛妮先率領部分勇士回村了，」臉色微醺的古厲丹教官，拿著一大杯地精釀製的麥酒，拉了把椅子，坐在洛可可與艾爾卡斯中間，「總得有人先回報狀況給村裡知道吧？」

「對喔！不然我們的家人一定擔心死了，」洛可可偷笑著，「不知道爸爸聽到我的冒險故事，會是什麼表情？」

「艾爾卡斯，你做得很好，」古厲丹教官放下麥酒，看著艾爾卡斯，「精準執行任務，平安護送小怪獸回村，並通知怪獸村前來支援，值得嘉獎。」

艾爾卡斯微笑，「謝謝教官，你們能平安無事，實在是……」

「喂，教官！」洛可可打斷艾爾卡斯的話：「你是不是忘了我們特地回來救你，還有小巴獨自來地精村求援的事蹟啊？」

「我當然記得，」古厲丹轉過來，看著洛可可、小巴、蘿拉，還有角落捧著地精熱狗的蓋比，「你們這四個沒服從命令的小怪獸，記過一次。」

「怎麼這樣啊！」四個小怪獸哀號。

「哈哈哈……」古厲丹教官忍不住露出難看的笑容，「但憑藉靈活的頭腦扭轉戰局，擊退蛇吞怪，嘉獎兩次。」

「這才對嘛！」聽到教官這樣的說法，大家才又恢復了笑容。

「羅卡卡、蓋痞、小拔。」一名身形瘦小的小地精，來到小怪獸們的桌前。

「賀比！」洛可可望著眼前這名小地精，「我們，找你了。」

「小怪獸，厲害！」賀比豎起大拇指，用不熟練的通用語交流著。

「哈哈，地精，也厲害。」小巴也微笑著回應著，轉頭看著蓋比，「你也說點什麼啊。」

「呃……呃……」蓋比緊張地收起儲物袋，努力思考片刻後，大聲說：「地精熱狗，最厲害！」

雖然語言有些許隔閡，但小怪獸們與小地精仍愉快地談笑著，建立起深厚的友誼。

「諸位，請聽老者說幾句話。」酒足飯飽後，斯奇卡布村長站了起來，眾人也都停下了手邊動作，仔細聆聽。

「根據卡德林的回報，在怪獸勇士與地精守衛的奮戰之下，幽藹沼澤已搜尋不到蛇吞怪與蛇幼的蹤跡，從此之後，兩村之間的往來，不會再遭受威脅。」村長臉上露出了欣慰的微笑。

「嘎嘎！嘎嘎！嘎嘎！」地精們興奮地用酒杯敲打桌子，大聲鼓噪著。

「現在，」待眾人冷靜後，村長舉起酒杯，指著古厲丹教官一行人，「讓我們為英雄們舉杯，祝福薩克蘭德村與洛登尼斯村的未來！」

慶功宴在喝采聲之下再次展開，洛可可、小巴、蓋比跟賀比爬上長桌，模仿賀比跳著地精舞蹈，其他人則在一旁談笑風生，共同享受這難忘的時刻；直到夜幕降臨，大夥兒才在星光映照之下相互道別。

回到蘑菇屋後，疲憊的小怪獸們躺在柔軟的床鋪上，仰望窗外的繁星，試圖回憶這一整天的冒險，但或許是太累了，洛可可才堅持沒多久，便打了一個大大的呵欠，闔上雙眼，進入甜美的夢鄉。

Chapter 60 歸途

當第一縷晨光透過窗戶，照在小怪獸們的臉上時，他們已經在地精村度過了一個舒適的夜晚；雖然只有離家一天，但洛可可卻在夢裡見到了親愛的家人，看著爸爸媽媽的笑容，他的臉上露出淺淺微笑。

地精村口，地精守衛與怪獸勇士們正把整理好的行囊放上馬車，小地精賀比也跑到車隊前。

「羅卡卡、蓋痞、小拔。」賀比拉起三人，有點捨不得地說：「謝謝，下次再來。」

「好喔，」洛可可擁抱賀比，「下次，換你來，跟大人一起。」

「來怪獸村，」蓋比看著點頭的賀比，接著說：「吃火腿。」

「怪獸村的英雄們，」一名老者的聲音傳來，眾人望過去，斯奇卡布村長提著一個由橡皮藤編織而成的籃子走來，裡面發出瓶子互相碰撞的聲音，「這是一點小心意，請你們收下。」

「謝謝村長，」望著袋子中裝滿地精紅藥水的古厲丹，感激地向村長點頭，「這餽贈太珍貴了，我們會珍惜使用。」

「呵呵……比起你們的功勞，這不算什麼，」村長擺了擺手，接著說：「記得，如果你們需要任何幫助，地精絕不推辭。」

在大夥兒互相表達完感謝之情後，洛可可一行人才依依不捨地登上石頭馬車，往怪獸村的方向啟程。

少了蛇吞怪與蛇幼的干擾，回程的景色顯得格外愜意；洛可可懶洋洋地躺在馬車裡，回憶昨日的戰鬥；蘿拉瑞爾、蓋比和小巴則互相交談，分享這段驚險的經歷。當眼中浮現出金黃色的田野，以及遠處正慵懶地嚼著青草的三角獸，他們知道自己已經離家不遠了。

「是他們！勇士回來了！」「真的耶！他們回來了！我去通知大家！」

田野中嬉戲奔跑的幼年小怪獸們發現勇士歸來的車隊，興奮地往村口的方向奔去，試圖在第一時間通知村民。

「喂！注意安全！」眼尖的洛可可發現，這些小怪獸中，也有之前與他們一起前往後山冒險的成員，便大聲提醒著：「不要受傷喔！」

石頭馬車在抵達怪獸村的入口處時，便被熱情的村民們給團團圍住，無法前進，小勇士們索性便跳下馬車，改用步行的方式，與夾道歡迎的村民們致意。

「打敗蛇吞怪的英雄！」「怪獸村的勇士最棒了！」「這幾個年輕的小怪獸真了不起！」雖然在地精村已經被感謝過一次，但在自己的家鄉受到如此盛大的表揚，一行人還是不免有些害羞。

「歡迎勇士學園……喔不，是歡迎洛登尼斯村的勇士們回來。」蒼老又帶有智慧的音調傳來，正是伊恩校長。

「伊恩校長！」小怪獸們開心地揮手，古厲丹教官也尊敬地向校長鞠了一躬。

「辛苦了，想必這兩天對各位來說很漫長吧？」伊恩校長滿意地看向眾人，再詢問教官：「古厲丹，既然期末考試已經結束，明天就是結業典禮，我想，是否今天下午能讓這幾位小勇士休息，也好趕緊回家跟親人報平安？」

「當然沒問題，」古厲丹教官點頭答應後，望向洛可可等人，「各位小勇士，今天下午放榮譽假，明早準時參加結業典禮即可。」

「謝謝校長，謝謝教官！」小怪獸們歡欣鼓舞著。

「我已經等不及要回家跟爸爸媽媽說我的冒險了！」洛可可露出調皮的笑容。

「我也想讓爸爸知道我一個人前往地精村的冒險。」小巴神氣地說著，跟剛進勇士學園時的愛哭模樣有如天壤之別。

「我……我先走了，大家再見！」蓋比抱著鼓鼓的儲物袋，跟眾人道別後，便快速地往活力市集跑去。

「呵……」望著蓋比漸漸消失的身影，蘿拉笑了一下，「他可能以為沒人知道他的袋子裡裝滿地精熱狗吧？」

「哈，還是不要戳破吧，免得他難為情。」艾爾卡斯也開朗地笑著，「我們就各自回家吧，明天見囉！」

晚餐時間，洛可可家傳出了咕咚以及碗盤破碎的聲響。

「你們的反應也未免太誇張了吧？」洛可可看著從椅子上跌落的爸爸，以及媽媽摔爛在地的石頭蛋糕，搖了搖頭。

「開玩笑，蛇吞怪耶！」爸爸扶著屁股，「你居然被吞到牠的肚子裡，想嚇死你老爸啊？」

「你這次實在是太過火了！」媽媽一邊蹲下收拾著石頭蛋糕的殘骸，一邊不忘指責。

「對不起嘛，」洛可可吐了吐舌頭，「當時情況危急，為了保護同伴，我沒有考慮太多就行動了。」

「就算是為了保護同伴，」媽媽捧著破裂的碗盤與石頭蛋糕站起身，「你也不能做出這種讓自己陷入危險的舉動啊！」

「好嘛……爸媽對不起……讓你們擔心了……」回想起與蛇吞怪的戰鬥，要不是運氣好，自己的確有可能再也見不到爸媽……洛可可這才後怕起來。

「算了……」看著真心懺悔的洛可可，考慮到他畢竟平安歸來且立下大功，媽媽也不再苛責，「我去重烤一塊蛋糕，你們等一等。」

「洛可可，」媽媽走進廚房後，從震驚狀態恢復的洛特科瓦，神祕兮兮地跟洛可可說：「看來你已經長大，就讓我分享一個祕密給你吧！」

「喔？」洛可可睜大雙眼，好奇地問：「什麼祕密？」

「其實呢……爸爸我啊，」洛特科瓦露出得意的表情，小聲地說：「年輕的時候，曾經擊殺過一頭蛇吞怪喔！」

「你擊殺的那個，」媽媽的大嗓門突然從廚房傳出：「叫做蛇幼！」

「呃……呃……」想不到媽媽的聽力這麼敏銳，爸爸心虛地擦了擦額頭的汗水，「是嗎？差不多啦……都是蛇嘛……呵呵……」

「不要吹牛了，快過來幫忙！」在媽媽的催促下，爸爸瞪了一眼狂笑不止的洛可可，摸了摸鼻子走進廚房。

Chapter 61 結業典禮

「爸媽，我要出門囉！」跟第一天入學的情景相似，大清早，揹著紅色儲物袋的洛可可已經站在門口大喊。

「奔波了兩天，應該很疲憊吧？」媽媽搖搖頭，走到洛可可身前，熟練地幫他整理著衣服，「怎麼不再多睡一會兒呢？」

「今天是結業典禮了，我想趕快去找學園的夥伴，」洛可可扭扭頭，「再說了，這點程度的冒險，對第一小勇士來說才不算什麼。」

「呵呵……不愧是我洛特科瓦的兒子，」走下樓的爸爸，欣慰地看著洛可可，「跟爸爸越來越像了。」

「你是指，吹牛的部分嗎？」媽媽瞇起眼睛，微笑地看著爸爸。

「沒……沒有……」爸爸趕緊移動到廚房，端出早餐，「我是指……早睡早起的部分。」

「哈！」洛可可跑到餐桌前，將果醬麵包塞進儲物袋，又抓起一顆藍蘋果，「不跟你們開玩笑了，我去上學囉，爸媽再見！」

神采奕奕的洛可可，出門後並未直接前往勇士學園，而是繞到古德爺爺家，彎著腰，將手中的藍蘋果塞到蒂朵嘴裡。

「呦，這不是打倒蛇吞怪的小英雄嗎？」一名老者的聲音從洛可可身後傳來。

「古德爺爺早！」洛可可轉頭向古德爺爺問好，雙手還是不斷揉著蒂朵的大腦袋，「您也聽說了呀？」

「當然，這可是大新聞呀，」古德爺爺笑盈盈地看著眼前的小怪獸，「畢竟對手可是蛇吞怪這種巨型魔物，你這次著實立下大功呢！」

「如果沒有夥伴與地精守衛的支援，我們是不可能擊退蛇吞怪的，所以這是屬於所有人的功勞。」洛可可站起身，看了看逐漸覆蓋大地的陽光，「我該去上學了，古德爺爺再見，蒂朵再見！」

「很好很好，」古德爺爺欣慰地看著洛可可離開的背影，喃喃自語：「一年的時間，小傢伙倒是成長了不少嘛……」

穿過活力市集，行走在通往勇士學園的小徑上，洛可可看到一個熟悉的身影，雖然瘦小，但步伐間卻透露著自信。

「小巴！」洛可可一邊喊著，一邊追上小巴的腳步。

「洛可可早呀，」小巴也熱切地打著招呼，「真難得呢，在上學的路上遇到你。」

「咦？你爸爸呢？」洛可可假裝做出向四處張望的動作。

「嗯？」一頭霧水的小巴看著洛可可，「我爸爸沒來呀。」

「喔……」洛可可壞笑著：「我還以為他每天都要負責把你抓進學園呢，哈！」

「你！」小巴漲紅臉，明白洛可可是在取笑兩人第一天入學時的情景，不甘示弱地回嘴：「我現在可不一樣了，才不需要麻煩爸爸，倒是你，從開學第一天就闖禍到現在，別忘了那次的彩虹泡泡糖……」

「唉呀，那是意外，誰知道門口的守衛就是校長？」洛可可不好意思地抓了抓頭，想到第一天在校門口發生的插曲，在某次不小心跟蓋比與小巴說到這件事情後，就被他們取笑到現在。

「不過，既然你都說到彩虹泡泡糖了……」洛可可小聲說著，一邊把手伸進儲物袋，拿出兩顆散發七彩光芒的圓球，「我們就來吃一下吧！」

「好喔，」小巴不客氣地接過彩虹泡泡糖，放進嘴裡嚼了起來，「這是我的勇氣小獎品！」

兩個小怪獸有說有笑地往勇士學園邁進，很快地，學園的大門，以及伊恩校長的身影便映入眼簾。

「伊恩校長早！」洛可可用力地揮手向校長問好，小巴則是輕輕地鞠了一個躬。

「小勇士們早呀。」伊恩校長愉快地回應著，同時指了指自己的嘴巴，洛可可跟小巴見狀，立刻很有默契地拿出樹葉，將嘴裡的彩虹泡泡糖給吐了出來。

「我們知道，」洛可可將泡泡糖包起，「勇士學園內禁止吃泡泡糖！」

「沒錯，勇士學園校規，備註第七條。」校長微笑地看著兩個小怪獸，「就算立下大功，也不能違反規定喔！」

「嗚——」一陣悠長的號角聲從學園裡傳出。

「集合的時間要到了，」校長望了望學園內部，轉頭對洛可可與小巴說道：「你們先去帳篷吧，校長得開始準備結業典禮的獎品了。」

「還有結業獎品啊？」小巴眼睛睜大，好奇地問。

「當然囉，表現優異的小怪獸，理當受到表揚。」校長一邊摸著鬍子，一邊回答。

「校長校長，那有我的第一小勇士獎嗎？」洛可可興奮地問。

「第一小勇士獎？這個嘛……」校長看著洛可可，沒有接著說。

「嗚——」號角聲再次打斷三人的談話。

「這是祕密，」伊恩校長露出一副故作神祕的表情催促著他們：「好啦，趕快去集合，待會你們就知道了。」

Chapter 62 勇氣的禮讚

當洛可可與小巴進入學園時，結業典禮即將開始，小怪獸們穿著整齊，精神飽滿地排著隊，各年級的教官們也正在隊伍中進行點名。

「艾爾卡斯、克魯莫、」達欣妮教官核對著學員名單，「洛可可，洛可可？又遲到了……」

「到！到到到！」洛可可拖著小巴跑進隊伍，一邊嚷嚷：「教官！洛可可跟巴米爾在這裡！」

達辛妮教官看了隊伍最後面用力揮著手的洛可可以及喘著氣的小巴一眼，點了點頭，繼續點名。

「洛可可，巴米爾，早安。」蓋比小小聲地呼喚著他們，兩人也開心地跟蓋比做了個鬼臉。

「嗚——嗚——嗚——」在急促的號角聲響結束時，所有人安靜下來，等待緩緩走來的伊恩校長發表演說。

「咳咳，」伊恩校長清了清喉嚨，愉快地說著：「小勇士們早，時間過得很快，各位在勇士學園已經經過了整整一年的訓練……」

在伊恩校長回顧小怪獸們的努力和成就時，不耐煩的洛可可持續東張西望著；他看到三個穿著黑色獸皮外衣的小勇士，其中一胖一瘦兩人正在幫他們的首領搧風，原來是黑暗魔弦三重奏；順著他們惡狠狠的眼光看去，又發現一個戴著狼牙吊飾，正張大嘴打著呵欠的小怪獸；阿薩感受到洛可可的目光，對洛可可揮了揮手，洛可可則用嘴型說著：「第一小勇士的獎勵是我的。」

「好喔，加油。」阿薩還是一副泰然的模樣、用口型回應著。

「大家應該已經迫不及待了吧？」伊恩校長在勉勵小怪獸們認真學習，勇敢迎接未來的挑戰後，便從懷中拿出一個信封，「接下來，讓我們表揚年度最優秀的學員吧！」

「由於今年沒有舉辦戰鬥競賽，」校長一邊拆著信封一邊說道：「所以這屆的小勇士甄選，評選標準為在學園中，學科與術科表現最優秀，以及有特殊貢獻的小勇士。」

「喔不！居然要用成績來判定？」洛可可抱著頭低吼著：「那我不就沒機會了？」

「本屆勇士學園第一小勇士獎……」校長一個字一個字，緩緩地唸著。

「不，還有機會，畢竟我可是立下大功呢……」洛可可斜眼往黑暗魔弦三重奏望去，阿瓦隆等三人也同樣低著頭，嘴裡念念有詞地祈禱著。

「得獎的是……」校長刻意停頓了一下。

「洛可可……洛可可……」洛可可在心中默念著自己的名字，一邊逕自往頒獎台走去。

「薩羅尼奧斯！」隨著伊恩校長的宣布，歡快的頒獎號角聲響了起來。

「可惡！」在眾人的歡呼聲中，似乎還夾雜著阿瓦隆的怒吼，他忿忿地將獸皮外套甩到地上，用力踩踏著。

「薩羅……尼奧斯……是誰？」失落的洛可可抬起頭來，突然瞪大眼睛，發現阿薩正走向頒獎台。

「恭喜你啊，薩羅尼奧斯，」伊恩校長接過教官遞上來的血狼吊飾，幫上台的阿薩掛上，「學科、術科都是第一的優秀表現，頒給你血狼吊飾當之無愧。」

「謝謝校長，」阿薩扭了扭脖子，似乎不太習慣脖子上新增的重量，「不過，兩條吊飾好像有點多了，下次可以頒給其他學員，我沒關係喔。」

「呵呵……」校長滿意地看著眼前的小怪獸，「你的心態很好，校長會考慮的，但這次，還是接受屬於你的榮耀吧！」

阿薩恭敬地對校長鞠躬後，仍舊保持著輕鬆的微笑，走回隊伍。

「恭喜啊……薩羅尼奧斯……」經過洛可可身邊時，雖然失落，但洛可可還是保持風度，向阿薩祝賀。

「哈，還是叫我阿薩比較習慣，」阿薩取下一條血狼吊飾，遞到洛可可面前，「多一條了，想要的話，可以送你喔！」

「嗯……」洛可可猶豫了一下後，堅定地搖頭，「血狼吊飾認可的是你，就算我拿了，這份榮譽也不屬於我。」

「喔？洛可可小朋友懂事了呢？」阿薩露出吃驚的表情，收回吊飾，在洛可可的綠髮上亂揉一通，「加油喔，這條吊飾會等著你的。」

「不要亂揉啦！」洛可可掙扎著，不服氣地說：「哼！你也是小朋友！」

「那麼，」校長在小怪獸們的歡呼聲逐漸平息後，再次宣布：「這學年即將圓滿落幕，請教官帶領各年級學員回帳篷，進行假期的安全宣導後，就可以放學。校長預祝各位，假期愉快。」

「校長！」古厲丹教官快步走到校長身邊，似乎在提醒著什麼。

「唉呀！」伊恩校長一副似乎想起什麼事情的表情，拍著自己的腦袋，「各位學員，請等一下。」

所有小怪獸停下腳步，疑惑地看著校長。

「我真是老糊塗了……」校長露出惡作劇的笑容，「今年發生了這麼多大事，其實……我們還準備了特別獎喔！」

Chapter 63 善良、勇氣與智慧

「特別獎？」訓練場上的小怪獸們，因為校長的一席話，開始交頭接耳。

「沒錯，特別獎。」伊恩校長帶著一絲頑皮的笑容，「這一年來，怪獸村與地精村發生聯繫中斷的事件，直到幾天前，一切的謎題才終於解開。」

「我爸爸說有一隻蛇吃掉郵差蝸牛！」「不是普通的蛇，是蛇吞怪！」「村裡的守衛說，有個小怪獸被吞下去耶！」「我聽說最後是跟地精守衛聯手，才用煙火辣椒粉把蛇吞怪趕跑的。」小怪獸們交換著彼此聽到的消息。

「相信大家都知道，」校長沒有理會眾人的竊竊私語，繼續說：「在幾名小勇士的英勇奮戰之下，蛇吞怪已被打敗，兩村之間也恢復了安寧。」

洛可可一行人感到臉頰微微發燙，知道校長指的就是他們。

「現在，請讓我們用掌聲請這幾位小勇士上台領獎！」校長拍起手，小怪獸們也開

始附和著。

「艾爾卡斯、巴米爾、蓋比、蘿拉瑞爾、洛可可！」古厲丹教官大聲呼喚著，五個小勇士則在阿薩與其他小怪獸的簇擁下，走上頒獎台。

校長從一名教官捧來的木盒中，取出一條由閃爍銀芒的鬃毛編織而成的手環遞給艾爾卡斯，「這是用風嶺獨角獸的鬃毛編織而成的『驕傲之鬃』，表揚善良的你，在危急時刻能確實執行教官交代的任務，照料所有小怪獸，平安撤回怪獸村並尋求支援。」

艾爾卡斯故作堅強地戴起手環，但顫抖的小身軀，還是透露出內心的激動。

「蓋比與蘿拉瑞爾，請上前。」校長再次從木盒中，拿出兩枚露出寒芒的爪型吊飾，「這兩枚吊飾是用鐵血獅蝶的利爪所製成，象徵在困境中依然勇敢、並保護重要同伴的特質，以獎勵你們支援古厲丹教官以及打退蛇吞怪的英勇舉動。」

蘿拉恭敬地接過吊飾別在胸口，直挺挺地站著；蓋比可能不習慣成為目光的焦點，紅著臉接過吊飾後，躲到蘿拉身後，有點不好意思地抓著頭。

「巴米爾，輪到你了。」校長微笑地看著緊張的小巴，從木盒中拿出一個眼球外觀的吊飾，「這是智慧貓頭鷹圓寂後所留下的智者之眼，表揚你在面對危機時，冷靜分析局勢，引領地精守衛加入戰局的睿智行徑。」

「謝……謝謝校長！」小巴拿起吊飾，隨即被散發出智慧光芒的眼球所吸引，看得入神。

「校長，那我呢？我呢？」迫不及待的洛可可在隊伍最後面又叫又跳。

「別急，就快輪到你了。」校長忍著笑意，看著眼巴巴盯著木盒的洛可可。

「在頒發最後一項特別獎之前，」此時，校長突然停止頒獎的動作，「校長還有話對各位學員說。」

「唉呦！」洛可可焦急地喊著：「我的獎勵是什麼？不能先給我嗎？」

「今天，我們不只是在表揚這幾位小勇士，更是在傳遞某些價值給在座所有學員，」校長假裝沒有聽到洛可可的抱怨，用充滿智慧的口吻說道：「從這幾位小勇士的冒險中，我們看到了善良、勇氣與智慧。」

所有人專注地聽著校長的教誨，連原本躁動的洛可可，也暫時安靜下來。

「善良的洛可可為了保護同伴，曾被蛇吞怪困在肚裡，然而他並未屈服，而是憑藉勇氣和冷靜的頭腦尋找脫困之道；最後，他甚至在激烈的戰鬥中想出以煙火辣椒粉擊退蛇吞怪的絕妙方法。」校長溫和的語氣像是有魔力般，鼓舞著在場每一位學員，「透過這段經歷，校長希望你們都能銘記：不論面對多麼困難的時刻，無私的善良與堅毅的勇氣，終將點亮智慧與創造力的光芒。唯有虛心領悟這些價值，才能成為更出色的自己。」

在大家還沉浸在校長的諄諄教誨時，突然有個聲音打岔：「呃……校長，那我的獎勵呢？」

「唉！」蘿拉翻了個白眼，「這麼感動的氣氛，都被你給破壞了。」

「不公平啊，」洛可可不服氣地說：「你們都拿到獎勵了，只剩我還沒有耶！」

「哈……哈哈哈！」小巴、蓋比跟艾爾卡斯笑成一團，「洛可可還是老樣子！」

「呵呵……好好好。」校長對另一位教官點了點頭，這名教官便到頒獎台後方取出一個寶匣，同一時間，洛可可也走到校長身前。

「特別獎，頒發給在最困難的時刻，依舊展現出善良、勇氣與智慧的小怪獸——洛可可！」伊恩校長將這個有著精美雕飾的寶匣遞到洛可可面前。

「哇！」接過寶匣的洛可可迫不及待地打開，一顆璀璨的心臟結晶浮現在眼前。

「由善龍的心臟結晶精心製作而成的『勇氣之心』，作為表揚你的獎勵。」校長帶著讚賞的眼光，緩緩說著。

Chapter 64 尾聲

結業典禮就在洛可可獲頒勇氣之心，全場響起熱烈掌聲之下，畫下令人難以忘懷的完美句點；回到帳篷，教官們簡單進行了假期的安全須知與宣導後，就讓迫不及待的小怪獸們解散，離開學園。

「嘿……嘿嘿嘿……嘿嘿……」在旁人羨慕的注視下，小心翼翼地捧著寶匣的洛可可，一邊傻笑，一邊走出勇士學園。

「洛可可……瘋了嗎？」擔心的蓋比，偷偷問著小巴。

「不要管他了，從拿到勇氣之心後就變成這個傻樣子……」小巴翻了翻白眼，看著還在傻笑的洛可可，「不過就一個特別獎，至於高興成這樣嗎？」

「喂！什麼叫做『不過就一個特別獎』，這可是勇氣之心，象徵我的善良、智慧與勇氣呢！」洛可可不服氣地回嘴。

「我看是調皮、莽撞與運氣吧？」蘿拉插話，一旁的艾爾卡斯掩嘴偷笑著。

「怎麼連蘿拉也這樣說啊……」被吐槽的洛可可，似乎又恢復了平時的模樣，「這明明是很值得開心的事情呀，不如，我們一起來分享特別獎吧！」

「好吧，」艾爾卡斯笑了笑，拿下他的手環，遞到眾人面前，「這是我得到的驕傲之鬃。」其他人見狀，也將自己得到的獎勵拿出來相互欣賞，五個小怪獸熱切地討論飾品的細節，每一份飾品都代表著他們成長的象徵，彷彿只要配戴著，就能充滿自信地展望未來。

「對了，」大夥兒一路走著，洛可可突然提議：「放假的時候，我們應該要一起出來玩。」

「嗯，農場有些工作得做，」艾爾卡斯想了想，「但應該可以排出時間！」

「我也是，」蓋比收起吊飾，「活力市集休息的日子我可以出來。」

「我是沒問題，」小巴說，蘿拉也在一旁點頭，「但你想去哪裡呢？」

「記得後山的閃眼熊嗎？放假的時候我們……」

「又是閃眼熊？」蓋比瞪大眼睛，打斷洛可可的話語。

「不要再去招惹小熊怪了，」小巴也餘悸猶存地說：「你忘記上次的經歷了嗎？」

「嗯？你們有遇過閃眼小熊怪？」蘿拉好奇地問。

「不只小熊怪，」洛可可露出得意的神情，「我們還跟成年的大熊怪戰鬥過呢！當時啊，要不是靠我這個第一勇士大顯身手，他們兩個早就……」

「咳咳！」蓋比大聲地咳了兩聲，小巴也瞇起眼睛盯著洛可可，「你這次又想編怎樣的故事啊？」

「呃……沒有啦！」尷尬的洛可可，抓著頭乾笑了起來，「那，不去後山，我們假期就去溪邊玩吧！」

陽光燦爛下，五個好友約定了出遊計畫後，便相互道別，踏上歸程；有了家人與同伴的支持，當初那個害怕上學的小怪獸，明白這個學年只是冒險故事的開端，正揚起頭，露出微笑，對充滿無限可能的未來滿懷期待！

第一部完結

在埃塔芙隆大陸北方的某個角落，有個名為「格洛克塔克」的荒蕪哥布林村落；此時，一個臉上帶著不滿，穿著骯髒皮衣的首領，正站在礦坑前揮舞著皮鞭，對身後一群渾身泥漬的哥布林大聲咆哮：「一群廢物！這個月的礦石採收還是太少！」

「喀……喀什首領……請息怒……我們真的已經盡力了……」隊伍前面的哥布林跪倒在地，小心翼翼地說著。

「這樣啊……既然已經盡力，那沒辦法，只能說大家都辛苦了。」喀什平靜地說著，跪在地上的哥布林抬起頭，滿臉感激地望著他。

「咻啪！」突然一陣聲響，這名哥布林瞬間被鞭子擊倒，不省人事，其他哥布林見狀，連忙上前將他抬離。

「開什麼玩笑！」喀什露出恐怖的牙齒大吼：「你們以為這樣說，那位大人就會放過我們嗎？就算不吃不喝不睡覺，也要把礦石的產量達標！」

「首領，我們的探子回來了！」一名守衛裝束的哥布林來到喀什身前報告。

「哼！叫他過來。」喀什看都不看那名守衛，冷冷說道。

「喀什首領，崔紐特回來啦！」一個體型瘦小，有著尖耳與尖鼻，一身流浪商人裝扮的哥布林，臉上堆著笑容，來到首領膝前跪下，正是崔紐特皮爾茲。

「崔紐特，我們在這沒日沒夜地挖礦，你倒好，四處遊玩享樂，」喀什的雙眼閃著陰險的綠光，盯著崔紐特，「這次你最好帶回讓我滿意的礦石或資金，否則立刻去礦坑報到！」

「唉呀，喀什首領真是愛說笑，」滿臉堆著諂媚笑容的崔紐特，從懷中掏出一張地圖，慢慢攤開，「先不說資金與礦石，這趟旅行，小的可是想出一個能長久增加礦石產量的妙方呢！」

「喔？」喀什眼睛微微睜大，看著地圖。

地圖下方，一個灰色皮膚、綠色頭髮的種族圖示被圈了起來。

「首領，根據小的實地考察，這個種族天性單純又刻苦耐勞，只要咱們能……就再也不必煩惱礦石的採收了……」崔紐特貼近喀什耳旁，訴說著他的邪惡計畫。

少年文學66　PG3078

勇士學園的奇幻冒險
——小怪獸洛可可成長故事集之1

作　　者／小羊把拔
責任編輯／孟人玉
圖文排版／黃莉珊
封面設計／李孟瑾
出版策劃／秀威少年
製作發行／秀威資訊科技股份有限公司
114 台北市內湖區瑞光路76巷65號1樓
電話：+886-2-2796-3638
傳真：+886-2-2796-1377
服務信箱：service@showwe.com.tw
http://www.showwe.com.tw

郵政劃撥／19563868
戶名：秀威資訊科技股份有限公司
展售門市／國家書店【松江門市】
104 台北市中山區松江路209號1樓
電話：+886-2-2518-0207
傳真：+886-2-2518-0778

網路訂購／秀威網路書店：http://www.bodbooks.com.tw
國家網路書店：http://www.govbooks.com.tw
法律顧問／毛國樑　律師

總經銷／聯合發行股份有限公司
231新北市新店區寶橋路235巷6弄6號4F
電話：+886-2-2917-8022
傳真：+886-2-2915-6275

出版日期／2024年9月　一版　**定價**／380元
ISBN／978-626-97570-8-4

秀威少年
SHOWWE YOUNG

國家圖書館出版品預行編目

勇士學園的奇幻冒險：小怪獸洛可可成長故事集. 1/
小羊把拔著. -- 一版. -- 臺北市 : 秀威少年, 2024.09
面； 公分. -- (少年文學 ; 66)
ISBN 978-626-97570-8-4(平裝)

863.596　　　　113011323